KATHRIN TSAINIS

30 kilos en 3 días... y otras mentiras

Traducción de Carmen Seco

punto de lectura

Título: 30 kilos en 3 días
Título original: *Dreissig Kilo in drei Tagen*

Barquillo, 21. 28004 Madrid (España) www.puntodelectura.com

ISBN: 84-663-0914-4
Depósito legal: M-2.874-2003
Impreso en España – Printed in Spain

Cubierta: MRH
Fotografía de cubierta: PHOTONICA
Diseño de colección: Ignacio Ballesteros

Impreso por Mateu Cromo, S.A.

KATHRIN TSAINIS

30 kilos en 3 días... y otras mentiras

Para Ingo

1

Comer da tristeza

El día empezaba con conjeturas.

Algo tuvo que pasar anoche con mi cara. La veía en el espejo, pálida e hinchada, decaída entre las matas de pelo alborotado de dormir. Y por debajo de los ojos tenía unas bolsas oscuras. Era como si me hubieran aplastado en la carne moldes de pastas en forma de media luna.

¿Será que ya no tolero el arroz? Recordé haber oído hablar de un hongo intestinal, *candida* qué sé yo. Dicen que anida sobre todo en las mujeres y las hincha si comen demasiados hidratos de carbono: pasta, patatas, chocolate, caracolas de pasas, arroz. El arroz, por ejemplo, está lleno de hidratos de carbono. Apreté la cabeza contra el pecho: la prueba de la doble barbilla. Sí, más doble que ayer. Hinchada.

Para cepillarme los dientes, me senté en el borde de la bañera, que tenía azulejos del mismo tono que el suelo y las paredes.

—¿Pero qué color es éste? —preguntó Usch cuando le enseñé mi casa—, ¿beis, violeta o algo así?

—Paté de hígado de ternera, dije yo.

Desde entonces el único nombre de mi cuarto de baño fue para siempre «matadero».

Cansada, me quedé mirando la cinturilla algo desgastada de mis bragas Calvin Klein, sobre la que se desbordaba claramente un flotador de carne blancuzca.

Seguramente nada de esto tenía que ver con el arroz. Más bien con todo lo que había devorado la noche anterior en la cena con Helen. ¡Qué barbaridad...!

—También va siendo hora de comprar ropa interior nueva —murmuré mientras la espuma de la pasta de dientes me resbalaba de la boca y con un claro «plitch» aterrizaba en el suelo, exactamente entre los dedos gordos de mis dos pies.

Un martes de marzo, nueve de la mañana. Por la claraboya se colaba una luz gris y el monótono chisporroteo anunciaba que el sol tampoco hoy tendría ninguna oportunidad de atravesar el velo de lluvia que pendía sobre la ciudad ya desde el fin de semana.

Por la mañana Helen me había dejado un mensaje en el contestador: «Vicky, cariño, soy Helen de *Style and Fun*. ¡Buenas noticias, BUENÍSIMAS! Esta noche, a las ocho en el Delhi. Es un indio estupendo, con unos currys fantásticos, raciones gigantescas, calle Kaiser Wilhelm, más o menos hacia la mitad. ¡Paga la empresa!».

Después de oír la noticia, me puse a bailar a mis anchas por toda la casa. Helen era jefa de diseño en una revista que sólo llevaba medio año en el mercado y, según los servicios del ramo, se vendía bastante bien para ser nueva.

Poco antes de que mi amiga Bina se fuera a Los Ángeles, me presentó a Helen en su fiesta de despedida. Quedamos en que le mandaría algunos de mis dibujos a la redacción. Esto fue hace seis semanas. Ya no esperaba que me llamaran. ¡Fantástico!

Un nuevo cliente me hacía mucha falta, encima un pez gordo como éste. Cada vez estaba más harta de dibujar folletos publicitarios o embalajes. En realidad, yo había estudiado diseño gráfico para ser ilustradora de libros para niños, pero de eso seguramente no se puede vivir. Y el que trata de abrirse paso por libre tampoco puede escoger demasiado. Por lo menos ya había conseguido hacerme con una viñeta: una vez cada dos meses podía desfogarme en la revista para clientes de un seguro de enfermedad. Dibujaba historietas monísimas sobre cómo cepillarse los dientes, sobre el pan integral y sobre el ejercicio al aire libre. Todo ello en la sección «Para nuestros pequeños».

A las ocho en punto de la tarde estaba sentada en una mesa para dos en el Delhi. Sola con cinco camareros que, evidentemente, no tenían más que hacer que mirarme a mí. Al fondo gemía una soporífera mezcla de címbalos, violines y un instrumento de viento que no conocía. Para mantenerme despierta, movía de un lado a otro el florerito de porcelana con las ramas de orquídea. Miraba al vacío, después otra vez por la ventana, de cuando en cuando de nuevo al reloj y pensaba cuándo, sin resultar grosera, le podría plantear a Helen el asunto de la pasta, sin parecer enseguida desagradable por mi codicia.

Ocho y cuarto. De Helen, nada. Ocho y veinte. Aún sin llegar. A las ocho y media irrumpió por fin y de un solo movimiento consiguió hacerme una seña, dar una palmada en el hombro al camarero, quitarse el abrigo largo hasta los pies y soltárselo a otro camarero. Después se plantó en la mesa con sus tacones de vértigo, me saludó dándome la mano y se dejó caer en la silla jadeando.

—Perdón por el retraso —dijo. Sacó de su coqueto bolsito de charol negro una pitillera dorada con mechero y encendió un cigarrillo—. ¿No te molesta, verdad? Lo de siempre: justo cuando salía ha aparecido mi redactor jefe, uno de esos tíos que se creen el ombligo del mundo, ya sabes lo que quiero decir. Para hablar de un reportaje sobre Turkmenistán. ¡Horrible!

Helen seguía despotricando sobre su jefe y se retorció las manos pensando en las fotos de Turkmenistán:

—Chatarra, y casi nada más. Desolador.

Y yo sin poder hacer otra cosa más que asentir, mover la cabeza o decir “humm, humm, humm”, según lo que viniera al caso, porque Helen parecía no respirar entre una palabra y otra y no dejaba ni un hueco en el que yo pudiera decir algo.

Los camareros de detrás de la barra le miraban fijamente al pecho haciendo girar las pupilas con regodeo.

Una 90 C, calculé. Pero, incluso al margen de las medidas de su pecho, Helen me parecía bastante imponente: más o menos 1,80 de estatura (con tacones), mínimo 90 kilos de peso y pelo rojo Tiziano, que le caía espeso y pesado hasta la altura de la clavícula. Una de las pocas mujeres junto a las que, para variar, podía sentirme un poco delgada.

Lo que más me impresionó fue cómo iba arreglada: una estrecha falda de color gris plateado, con una abertura hasta la rodilla, y un jerseycito —seguramente de cachemir— del mismo tono. Con un escote de mareo. Y nada de disimular caderas. Además, labios pintados de rojo chillón, ojos maquillados en un dramático negro, con sombra y raya y, por si esto fuera poco, esa voz a lo Zarah Leander.

Comparada con ella, me sentía modosa. A pesar de que llevaba el traje de las ocasiones, el que me habían regalado mis padres para el examen. Un traje chaqueta de René Lezard, negro, clásico. Lo más caro que tenía —después quizás del tocadiscos—. Pero ahora me parecía sencillamente aburrido.

—Primero vamos a pedir la carta —dijo Helen quitándose tranquilamente los zapatos. Se frotó primero la planta del pie derecho, después la del izquierdo y suspiró aliviada—. Estos zapatos van a acabar conmigo, pero estilizan tanto. Suerte que tienes, que a ti no te hace falta.

Soltó una risa alta y ronca, me acarició el brazo y yo decidí que Helen me caía muy bien. Y no sólo porque tuviera la opinión —completamente equivocada, pero justo por eso más halagüeña— de que a mí no me hacía falta ponerme nada que me hiciera parecer más delgada.

—Qué bien que te gusten mis dibujos —dije yo para entrar un poco en materia y, sobre todo, porque quería saber de una vez qué era lo que Helen iba a ofrecerme.

—Mucho, chica, mucho. Puedo decirte «chica», ¿no? ¿qué tienes 29? Yo, uf, 49...

—No los aparentas ni de lejos —dije, y para nada quería hacerle la pelota, porque bien a gusto le habría echado ocho o diez años menos.

—Gracias, gracias, me encanta oír eso. Pero, bueno, ¿qué más da? Ya le he enseñado tu carpeta al jefe, y él piensa exactamente lo mismo que yo: divertido, con fuerza, justo lo que necesitamos.

Y entonces contó que la ilustradora que hasta ahora trabajaba para *Style and Fun* se había retirado por sorpresa y, sobre todo, por tiempo indefinido, a estudiar budismo en un cenobio tibetano.

—De un día para otro, ¡qué poca formalidad! —recalcó Helen.

Yo estaba entusiasmada. Así pues, las revelaciones espirituales de los demás me iban a llenar los bolsillos de ahora en adelante.

—¿Entonces, qué esperáis de mí? —le pregunté tratando de no brillar por la emoción como la decoración navideña de unos grandes almacenes. El exceso de necesidad baja el precio.

—Seis dibujos al mes para nuestras páginas de servicios: son trucos de cosmética, dinero, derecho, novedades de psicología y luego, naturalmente, también tenemos temas de estilo de vida y bienestar —explicó Helen—. Nosotros ponemos los textos y tú los mejoras ópticamente. Sobre todo, que capten la mirada. Si hace falta, de vez en cuando puedes poner un par de tetas. Por lo demás, y según lo que sea, puede haber un test o una glosa. ¿Te apetece?

—Genial —se me escapó—. Quiero decir, sí, claro. Hay que ver, eso es justo lo que me va. La revista me parece inteligente y su aspecto fantástico, y, naturalmente, a mi cuenta tampoco le viene mal algo fijo.

Me recliné en el respaldo y me felicité en silencio por esa desarmante manera de pasar abiertamente al tema del dinero.

—Ah, sí, ¡la pasta! Por poco me olvido —dijo Helen llevándose a la frente su mano con varios anillos de oro—. ¡Qué estupidez! ¿Qué te parecen trescientos marcos por dibujo?

A punto estuve de besar a Helen en las mejillas. En vez de eso, sólo sonreí y doblé la servilleta sobre mi regazo:

—Trescientos está bien.

—Entonces podemos pasar a la parte agradable de la noche y pedir de una vez —dijo Helen.

En realidad, me había hecho el firme propósito de comer una ensalada o, como mucho, un primer plato sencillo, porque ya llevaba unos días sin poder dominarme. Pero Helen no era la compañía adecuada para eso.

—De eso nada —dijo cuando yo iba a pedir sólo las *samosas* rellenas de verdura—. ¡Siempre con el picoteo! Yo quiero varios platos y comer sola no me gusta nada. Así que, venga. Conozco todas las especialidades de esta casa, confía en mí. Déjame que pida yo.

Le dejé, y así fue como desfilaron por la mesa una verdura frita y una carne tras otra. Empanadillas rellenas con salsas para mojar y *chutneys*. Pollo a la mantequilla con una salsa espesa y arroz basmati y unas tortas de pan finas y calientes. Además, champán, «para brindar», dijo Helen; y varios vasos de yogur con pistachos y agua de rosas, «para que baje».

—¡Fantástico! —suspiró Helen mientras limaba con los dientes un muslo de pollo ya bastante mordisqueado—. No hay nada más maravilloso que comer. A mí me encanta comer. Heiner, mi marido, es un cocinero sensacional. Por suerte, porque yo no tengo ni idea. Pero ahora —Helen suspiró profundamente dándose golpecitos en la tripa—, pero ahora vienen tiempos de escasez.

—¿Tiempos de escasez? —Yo no entendía nada. ¿Helen y pasar hambre? ¡Incompatible!

—Lo más tonto del mundo: Heiner tiene una tensión altísima, y eso que, al contrario que yo, sólo tiene diez kilos de sobrepeso. Y en cambio yo estoy completamente sana. Ahora tiene que adelgazar y, sobre todo, renunciar al vino tinto, tan pesado, y a los puros —siguió contando Helen—. Se lo ha mandado el médico. Y, para empezar, una cura de ayuno en Holstein.

»El próximo martes es el primer día y, naturalmente, yo no voy a dejarlo solo en ese campamento cero calorías. Solidaridad. Además, a mí tampoco me vienen mal algunos kilos menos, ahora que está a punto de empezar la primavera.

—Yo creía... —¿Cómo podía decirlo sin tomarme demasiadas confianzas? Después de todo, el peso, como las hemorroides y los juanetes, eran temas entre «críticos y tabú»; sobre todo si la cosa iba de sobrepeso—. Pareces tan contenta contigo misma. —Hice un gesto con la mano que abarcaba cada kilo de Helen.

—Bueno, digamos que sí —dijo ella después de una pequeña pausa pensativa—, me he hecho a la idea. Yo nunca he estado seca como un palo y tampoco lo voy a estar. Claro que trato de no pasar mucho de mi peso, y luego, un poquito de deporte, para mantener las medidas controladas. —Helen movía de izquierda a derecha el último resto de arroz que quedaba en su plato—. Pero cuando veo a las chicas en mi redacción, sólo puedo decir: gracias a Dios que yo ya no tengo que pasar por esto. A mí no me apetecería nada apartar el empanado del filete y pensar una y otra vez qué sería mejor, vomitar el trocito de tarta o quemarlo en el gimnasio. Ese remordimiento continuo, ese miedo a la comida. Nooo, eso es completamente enfermizo. —Helen empezó a aplastar los granos de arroz uno por uno.

—¿Sabes qué me parecería a mí fabuloso? —dije—. Que se pudiera amontonar la carne de todas las personas y después repartirla por igual.

—¡Una idea fantástica! —Helen rió tan alto que la modosa parejita de mediana edad de la mesa de al lado se sobresaltó—. Y como la mayoría de la gente está desnutrida, no quedaría nadie que tuviera que pelearse con su exceso de peso.

—Así se haría un favor a todos, ¿no? —dije yo.

—Sí, lo malo es que entonces encontraríamos otra cosa de que quejarnos: una nariz demasiado grande, lóbulos de las orejas demasiado pequeños, antebrazo demasiado largo para el brazo. —Helen me miró—. Sencillamente todos nos gustamos poco a nosotros mismos, ése es de verdad el problema. Mal asunto para nosotros y bueno para la industria, porque, como somos estúpidos, seguimos dándonos cremas, gastando dinero, martirizándonos y no llegamos nunca a la meta. Hasta que la palmamos. Nos hemos pasado la vida odiándonos a nosotros mismos.

—Desgraciadamente —dije yo—, en eso tienes razón, ¡qué asco!

El camarero retiró los platos y cuencos vacíos, Helen pagó, nos dimos un abrazo delante de la puerta, y echó a andar en plena noche a una velocidad asombrosa para los zapatos que llevaba. Me tiró un beso con la mano y dijo:

—Saluda a Bina de mi parte. A ver si llama alguna vez.

Me fui a casa dando un rodeo por la gasolinera, donde me compré un Mágnum almendrado. No es que tuviera hambre; en realidad, estaba hasta arriba de pollo a la mantequilla, arroz y todo lo demás. Pero una comida copiosa siempre me dejaba con unas ganas punzantes de algo dulce, un asqueroso capricho de la naturaleza.

Renunciar también hubiera sido una bobada. Si tiene que ser, que sea ahora, pensé. Después de esta comilona, ¿qué importa tragar quinientas calorías más o menos?

Y ahora estaba sentada en el matadero. Los azulejos del borde de la bañera me dejaban huellas cuadradas en el trasero; la boca, a pesar de que me había cepillado los dientes dos veces con una pasta con un fuerte aroma a menta, aún me sabía a ajo, y me veía horrorosamente gorda. Me cabreé: por el Mágnum y por no haber dejado el pan. Comer mucho pan con la comida engorda, eso lo sabe todo el mundo. Y yo también. Sólo que a mí el pan me encantaba y, por regla general, entre saber y hacer había en mí una distancia más o menos como de aquí a Saturno.

Aproximadamente por cincomillonésima vez en mi vida hubiera querido poder vomitar: dedos a la garganta y fuera con todo. Placer y arrepentimiento. Una perversión, claro, puro veneno para las glándulas salivares, el estómago, los dientes y hasta el corazón. Pero sólo si se hace por costumbre. Y yo no tenía ninguna gana de volverme bulímica de verdad. Por lo menos no como enfermedad, como adicción, sino más bien como salida de emergencia. ¿Que había pecado? Pues, de cabeza a la taza del inodoro.

Lástima que esto a mí no me daba resultados. Lo que estaba dentro, allí se quedaba. De nada me servían ni agua caliente con sal ni meterme tres dedos en la garganta. Ni siquiera las cosquillas con una pajita me daban resultado. Ya lo había probado todo.

No quedaba más que la clásica penitencia: hoy no desayunaría en Rosa's, ni cruasanes ni café con leche. En vez de eso, infusión de ortiga (¡es diurética!), tostadas de pan crujiente con margarina semigrasa y pomelo con edulcorante (¡bajo en calorías!). Y después, trabajo, trabajo, trabajo.

En mi escritorio seguí dibujando la presentación de un nuevo tentempié de chocolate. No poder comer, pero, eso sí, tener que pensar en el chocolate. Fuera seguía lloviendo, me sentía un poco sola y en el tocadiscos sonaba —a la medida de mi estado de ánimo— la banda sonora de *Titanic*.

Gerald, galerista, homosexual, y uno de mis mejores amigos, me lo había regalado por mi cumpleaños. En cuestión de música Céline Dion era lo único que teníamos en común, y cada vez que curioseaba en mi montón de CDs, se llevaba las manos a la cabeza agregando:

—Snoop Doggy Dog, Pur y Metallica todo junto. ¿Te tragas todo esto? ¿De veras?

—Ya lo creo, a ser posible todos a la vez. Es tan poco convencional, pijo, carrozón.

Love can touch you one time and last for a lifetime..., cantaba Céline Dion. Suspiraba, se derretía, gritaba, mientras yo pintaba pequeños muñecos gordos de chocolate, perros de chocolate, familias de perros de chocolate, nubes de chocolate.

Cuando, más o menos hacia las tres de la tarde, retocaba mi favorito, un rollizo coche de chocolate —de color castaño brillante, con un guardabarros abombado, guiñando un ojo y con la boca sonriente—, sonó el timbre de la puerta. Vistazo al calendario y allí estaba: 15 horas, Regina.

¡Mierda, mierda, mierda! Había olvidado la cita con Regina. Venía para comentar conmigo las invitaciones de su boda, que yo le iba a diseñar.

No es que yo odiara a Regina ni nada parecido. A veces hasta me parecía divertida, y si no estuviera tan segura de sí misma, hasta podría ser simpática. De verdad. Usch la conocía ya desde la guardería, y como yo a mi vez tenía una relación muy estrecha con Usch, no me quedaba más remedio que tropezar de cuando en cuando con Regina.

Pero a solas aún no nos habíamos encontrado nunca y, para ser sincera, justo ese día yo no tenía una necesidad imperiosa de que fuera la primera vez. Sencillamente no me encontraba en condiciones ni físicas ni psíquicas de verme frente a una muñeca de porcelana con un pelo rubio de hada que, esto me lo había contado Usch confidencialmente, todas las mañanas se medía el contorno de los muslos y de la tripa y desde las seis de la tarde no comía nada sólido.

Pensé por un momento si no sería mejor no abrir; pero sólo la música a todo volumen bastaba para que no pudiera hacerme la ausente. Así pues, compuse mi mejor sonrisa, hice como si estuviera muy ajetreada y abrí la puerta.

—¡*Sorry*! Bueno, antes que nada, hola, justo estaba hablando con un cliente por teléfono —dije forzando la voz queriendo decir «ando muy mal de tiempo».

¡Uf, vaya fallo!: ¿hablar por teléfono, cliente, música? Una mezcla bastante increíble. Pero Regina parece ser que no se dio cuenta de nada.

—No te preocupes —dijo. Me dio un besito en la mejilla izquierda, otro en la derecha y me puso en la mano un paquete con un pastel: tarta de manzana.

¡Precisamente tarta de manzana!

Nos sentamos en la cocina, hice té y examiné a Regina por el rabillo del ojo con una cierta satisfacción. En comparación con la última vez que nos habíamos visto, hacía dos semanas, parecía claramente más embarazada: una buena bolita a la altura del ombligo y unos muslos y unas caderas algo más rellenos. Eso no lo podían disimular ni sus pantalones anchos de tono verde oliva ni la camiseta de lana de color naranja chillón, que seguramente pertenecía a Peter, su novio y futuro padre de su hijo. Seguro que ahora tampoco para ella era un placer medirse.

Regina colocó mientras tanto tres trocitos de tarta en un plato, los miró ensimismada, arañó por fin unas migas y se las metió en la boca —de una en una. ¿Cómo le llamó Helen a eso? ¿Picoteo?

—Desde que estoy embarazada me entra aún menos que antes —dijo.

Le hubiera podido lanzar la tetera a la cabeza, porque yo apenas podía resistirme a tragar toda la tarta de un bocado. En lugar de eso, le di sólo unas vueltas sobre el fogón.

—¿Y el bebé, cómo va? —pregunté mirando por encima del hombro para romper el silencio.

—Estupendamente. Ahora estoy en el sexto mes. Ya no tengo náuseas, se mueve bastante y tengo que ir al baño más a menudo que antes.

Luego me explicó con pelos y señales lo difícil que era encontrar la clínica adecuada para dar a luz:

—Después de todo, no nos apetecen nada esas fábricas de parir. —Tocó de pasada el tema «cesárea», que quería evitar de todas todas—. Tiene que ser todo completamente natural —y por último pasó a su vida íntima.

Regina contó que últimamente Peter siempre quería ponerse debajo al hacer el amor para poder ver bien su nueva feminidad.

—Esto de la maternidad, con las tetas gordas y demás, lo excita de tal manera que lo hacemos aún más veces que antes —dijo.

—¿Qué quiere decir eso en cifras? —pregunté en contra de todas las normas de autoprotección.

—Bueno, tres, y hasta cuatro veces a la semana.

Ésa no era realmente la información que hubiera querido oír. Entre unas cosas y otras, era más de lo que quería oír. ¿Por qué tenía yo que hacer esas preguntas tan estúpidas? Desde que, hacía seis meses, había roto con Ralf, de sexo ni rastro; pero, eso sí, provocaba a otros para que hablaran de él. ¡Menuda estúpida!

—¿Y tú? ¿Tú quieres tener hijos?

Me sobresalté. Junto a «¿por qué no vienes a vernos nunca?», «¿no hubiera sido mejor que estudiaras empresariales?» y «¿cuándo te vas a comprar por fin muebles como Dios manda?», el asunto de los hijos era uno de los temas que más odiaba del programa estándar de la abuela y la tía Hedwig. Casi siempre con las apostillas «¡Ah, aún tiene tiempo!; además, todavía hace falta un padre, ¿o no?» (tía Hedwig) y «hoy en día cada vez hay más madres tardías» (la abuela), por regla general suspirando profundamente al decir «madres tardías».

—Algún día, quizás —dije yo, confío que sin que se me notara el esfuerzo—. Pero, sabes, tener hijos es una decisión bastante irreversible. Algo así como el suicidio: una vez que por fin te has decidido ya no hay vuelta atrás. Le cambia a uno para siempre.

Esta vez fue Regina la que se sobresaltó, y, tácitamente de acuerdo, pasamos a hablar de las invitaciones de la boda.

Descontando las migajas de Regina, la tarta se quedó intacta. Yo no había comido nada, aunque sólo fuera porque pensaba que aún no me había fustigado bastante a mí misma. Además, yo no quería que Regina, ese ejemplo de ascetismo, me viera comer.

Le garabateé con el lápiz varias propuestas de invitación en un pliego de papel grande. La que más le gustó fue una en que dos seres increíblemente patilargos, uno (Regina) con traje de novia y otro con frac y sombrero de copa (Peter) posaban bajo un árbol en flor y tenían un pequeño bebé entre los dos (sin nombre, «da mala suerte revelarlo de antemano»). Un avión haciendo tremolar al viento un cartel con el lema «Sé feliz con nosotros. Domingo, 14 de agosto. Regina + Peter», sobrevolaba la escena.

Yo, antes me hubiera pegado un tiro que mandar a la gente una invitación tan convencional, pero lo único que le arrancaba a Regina cualquier otra propuesta era un cansado «Noo, otra cosa, me parece», hasta que me di cuenta de que lo que ella quería era el programa «aceptable también para los suegros».

A mí no tenía que importarme, recibiría ciento cincuenta marcos a cambio, ella se quedaría a gusto y yo recobraría pronto la tranquilidad, porque ahora habíamos terminado y ella había quedado con Peter en el centro de ahí en un rato.

Lo cierto es que ya tenía un pie al otro lado de la puerta cuando dijo:

—¡Ah, Vicky, por poco se me olvida! Ya no tengo nada que me sirva, ¿me podrías prestar uno o dos pantalones tuyos? Tú tienes algunas cosas holgadas. —Regina me miró como si en el mundo no hubiera nada mejor que equipar de ropa a una embarazada.

—Sí, claro, ¿por qué no? No hay problema —dije yo cuando ya iba hacia el dormitorio, directa hacia el armario. Saqué a ciegas dos pantalones y se los puse a Regina en la mano.

—Estupendo, eres un tesoro —dijo ella, me mandó besos con la mano y se fue por fin hacia la puerta—. ¡Hasta pronto!

Caí como un fardo en una silla de la cocina. Los fragmentos de los minutos pasados me martilleaban la cabeza: mujer embarazada, barriga gorda, mis pantalones. Y se unían para formar una declaración estremecedora: así pues, ¡yo estaba ya tan evidentemente gorda que las embarazadas me mendigaban trapos!

¡Me hubiera podido abofetear por haberle dado las cosas a Regina, por así decirlo, por compasión! Hubiera tenido que echarla en el acto. Y justo detrás su estúpida tarta de manzana.

Tal vez sería mejor que me deshiciera de ella ahora mismo o acabaría comiéndomela. Pero, en vez de eso, la envolví en papel de aluminio y la metí en la nevera. Tirarla habría sido una pena.

Fui a la sala de estar y llamé inmediatamente a Usch.

—Eso seguro que no lo dijo con mala intención —dijo Usch—. Regina es a veces demasiado directa y no piensa en cómo puede sentar lo que dice. No te enfades.

—¡Pues claro que me enfado! La muy tonta. ¡Qué falta de tacto! ¿Que cómo puede sentar lo que dice? Para eso no hace falta ser demasiado sensible. ¿Tú qué le ves a esa cabra egocéntrica?

—Es normal. A veces se da demasiada importancia, pero detrás de eso también hay mucha inseguridad en sí misma.

¡Usch tenía que ser! Era de la clase de personas que sólo ven lo bueno en los demás: Usch hablaba con todos, entendía casi todo, era la bondad en persona y se preocupaba por todo y por todos.

—¡Usch, sé sincera! —le dije—, ¿estoy tan gorda que es lógico que alguien quiera ponerse mis cosas cuando está en el sexto mes de embarazo?

—¡Qué tontería! Y deja de hablar de «gordura». Suena tan despectivo —dijo Usch—. Si quieres hablo discretamente con Regina.

—De ninguna manera —la tranquilicé—. Eso ya lo haré yo... Seguramente. Pero primero tengo que dejar que se me pase un poco. Si no, seguro que me echo a llorar en cuanto abra la boca. E, indudablemente, lágrimas no merece. Las lágrimas sólo cuando hay confianza.

Cambié de tema:

—Eh, ¿y a ti cómo te va? ¿Qué hacen los críos?

Usch era maestra de primaria. Yo seguro que me hubiese vuelto loca al cabo de quince días haciéndome la ingenua delante de una horda de inadaptados, pero a Usch le encantaba. A cambio, conocía todos los ríos alemanes y todas las figuras de Pokémon.

—Dentro de dos semanas tengo una prueba didáctica, vendrá alguien del Ministerio y me observará durante la clase. Tengo hasta ese día para preparar algo bueno. Además, en mi escritorio hay una montaña de cuadernos de redacciones. Ahora me voy a poner otra vez con ellas —una alusión más que directa—. Pero, escucha —dijo— mañana en el Stern hay una reposición de películas de culto y ponen *Rocky I*, a las siete y media. ¿Quieres venir?

¿Qué había dicho Usch? «¿Tu gordura no está en tu trasero, sino en tu cabeza?» En la pared de enfrente había un espejo que compré hacía unos años en una liquidación del atrezo de un teatro. Un espejo gigantesco, con el marco dorado y algunas manchas en el cristal. Me podía ver en el sofá, sentada sobre mis piernas.

Bien, mi pelo me gustaba: rubio claro de verdad. No ese «color perro callejero» del que siempre se quejaba Usch cada vez que tenía que hacerse mechas por un montón de dinero. El mío era fuerte, y además, abundante, y el corte de paje que me aconsejó mi peluquera porque tenía unas puntas que ya parecían flecos me sentaba francamente bien.

Tampoco en la cara tenía mucho de que quejarme. Los ojos azules eran claros y redondos. «Ojazos», decía siempre Ralf. Una nariz recta, ni demasiado pequeña ni demasiado grande. Las mejillas sí eran un poco mofletudas, y en la frente y en las comisuras de los labios ya aparecían las primeras arrugas. Nada preocupante aún, pero sí premonitorio —precursoras de lo que vendría después de los treinta.

¿Y del cuello para abajo? Me recompuse delante del espejo. De bueno, poco. Las manos quizás. Dedos largos, relativamente finos, venas no muy llamativas pero sí marcadas. Y, para mi corpulencia, pies pequeños (un treinta y siete). Heredados de mi madre. Como la buena piel: ni granos ni venillas, todo liso y suave.

El pecho, aunque de tamaño normal, siempre lo había tenido algo caído. Con mi antigua amiga de la escuela Charlotte Heinz —ella tenía diecinueve años, yo dieciocho— hice la prueba del lápiz. A ella no se le mantenía ninguno debajo. A mí dos. Me quité el jersey y el sujetador, levanté los brazos y me los puse tranquilamente sobre la cabeza. En esa postura sí se veían bien —una pena que no pudiera andar siempre así.

Después el panorama se volvió tenebroso. La tripa: demasiado gorda. Y si me contorsionaba y echaba la espalda hacia atrás, se veían claramente unos michelines. La cadera me pareció demasiado ancha, en los muslos tenía tanta celulitis que aun con mala luz hubiera podido dedicar un insulto a cada abolladura. Culo: zona absolutamente crítica. Muslos: la parte interna, fofa. Tobillos: ¿qué tobillos? Mis pies pasaban, por así decirlo, directamente a las pantorrillas; sin corte alguno. Éstas por lo menos habían salido aceptables.

Además, a mi lista de defectos tenía que añadir estrías repartidas por doquier. Aunque también atormentaban a Usch y a Bina, en mí, sobre todo en el trasero, recorrían claramente el tejido conjuntivo.

Fin del inventario. Y, dijera lo que dijera Usch, los defectos superaban con mucho las virtudes. Las anulaban. No era ni exageración ni histeria. Al fin y al cabo, ¿de qué sirven unas manos bonitas o una buena mata de pelo si el resto es un desastre? Pequeños oasis vistosos para descansar la vista antes de seguir recorriendo las ruinas.

Fui a la cocina y abrí una lata de lentejas, porque después del desayuno de rebanadas de pan crujiente no había comido absolutamente nada. Traté de apartar la mente de las imágenes del espejo y de las bestias embarazadas. Y sobre todo de la tarta de la nevera.

De trabajar ya no me quedaban ganas, de salir tampoco. O sea, televisión. Lástima que no fuera ya mañana. Entonces podría ir al cine con Usch y pensar en otra cosa. Además, Sylvester Stallone me parecía un encanto y *Rocky I* verdaderamente conmovedor. Cómo de ser un pequeño gánster patoso y eterno perdedor consigue hacerse boxeador de éxito, encuentra su gran amor y, al final, con una cara ya bastante apaleada, quieto en el *ring*, llama a su mujer con la boca torcida «¡Adriana!». En ese momento siempre se me saltaban las lágrimas, a pesar de que había visto la película por lo menos cinco veces.

Repasé la programación. *Testigo de cargo* con Marlene Dietrich y Charles Laughton. Tampoco estaba nada mal. Pero no empezaba hasta las ocho y cuarto. Quedaba aún hora y media.

Decidí mandarle un e-mail a Bina. Llevaba ya seis semanas en California. Bina trabajaba de diseñadora informática en una agencia multimedia internacional y se había trasladado de Hamburgo a Los Ángeles para irse por fin a vivir con Brian después de tres años de relación a distancia.

Aunque la echaba mucho de menos, la comprendía muy bien. Yo seguramente hubiera hecho lo mismo si tuviera un *superboy* USA y algo más de valor.

Encendí el ordenador y empecé a teclear: le di las gracias por las fotos de su nueva casa que me había enviado, le conté algo de Regina, y me deshice en elogios hablando de Helen y de mi encargo que, al fin y al cabo, se lo tenía que agradecer a ella.

Clic de ratón y fuera.

Me eché en el sofá y maté el tiempo que faltaba hasta *Testigo de cargo* haciendo *zapping*: de un programa de erotismo a un concurso de corta de leña en el canal deportivo. Me quedé viendo un reportaje sobre trabajo negro. Y después, quién sabe qué pasó, me vi de pronto delante de la puerta abierta de la nevera. Me metí unas migajas de tarta en la boca, después otras cuantas y acabé cortando más o menos un cuarto de uno de los trozos. Sólo un cuarto, ya vale por hoy.

Vuelta a la sala de estar, vuelta a la cocina, a la sala de estar, a la cocina: en la cabeza, falta de voluntad; en la boca, jugosos pedazos de tarta de manzana.

Batalla perdida. Otra vez. La tarta había desaparecido, la «testigo de cargo» aún no había llegado a la sala del tribunal y yo era una miserable fracasada. No quería comerla —por lo menos no toda de una vez—. Al día siguiente, quizás un trocito, y otro un día después. Lo normal. Como lo hace la gente normal. Me lo había propuesto tan firmemente... pero aquello que acechaba envuelto en papel de aluminio no me dejaba en paz.

Ni idea de cómo lo hacían los otros. Bina y Usch podían comer un cuadradito de chocolate y acto seguido olvidar el resto. Esto para mí hubiera sido completamente imposible. Yo necesitaría un exorcista para conseguirlo.

Con la pasta pasaba más o menos lo mismo. Fuera de los restaurantes, la comía —cuando lo hacía— sólo de platos preparados de una ración. Aunque en realidad ni parecía pasta, podía leer en la lata cuánta grasa, hidratos de carbono y calorías contenía. Y si ni siquiera eso me disuadía, al menos no quedaba por ahí ningún resto que me pudiera comer cuando el plato estuviera vacío.

Me acordé otra vez de que hacía unos días había leído en el suplemento semanal del *Süddeutsche Zeitung* que *satt*, harto, y la palabra inglesa *sad*, triste, procedían de la misma raíz. En ese momento podía confirmarlo sin la menor duda: con la tarta en el estómago me sentía realmente tristísima. Otro fracaso, otra vez había sido demasiado débil. Otro Waterloo en la interminable serie de batallas de renuncia perdidas. ¡Qué va!: comer hace feliz.

Me cepillé los dientes tratando de no mirar al espejo. No era un buen día, no era bueno para nada: «la vida es un asco», pensé. Por lo menos a veces.

2

Gorda, vaga, abandonada o cómo pesarse y echarlo todo a perder es todo uno

No había soñado. Al menos no lo recordaba cuando a las 8.45 sonó el despertador.

Siempre me levantaba a las nueve menos cuarto, por mucho que hubiera trasnochado el día antes. Al menos, casi siempre. Esto me parecía importante: una estructura firme. De eso también formaba parte el desayuno en Rosa's, antes de sentarme a la mesa a trabajar: dos cruasanes con mantequilla y mermelada y un café con leche.

Mientras desayunaba leía el periódico. También siempre con la misma rutina: primero las esquelas (calculaba cuántos años había cumplido cada cual, leía los nombres de quiénes habían dejado atrás los desaparecidos, o me dejaba conmover por frases especialmente tristes: «Tú estás ahora en un mundo mejor. Un día volveremos a vernos»). Después las páginas de cultura y la programación de cine, para no perderme ningún clásico, que bien pocas veces se proyectaban, y, por último, política.

A veces sólo los resúmenes breves y los comentarios. Lo principal era que estuviera asegurado el suministro básico de noticias. La economía y el deporte solían quedarse sin leer.

Usch había tachado una vez mis costumbres de «un poco forzadas, ¿no?», y también Gerald me solía reprochar falta de espontaneidad.

Pero eso no me importaba. La vida era mucho más sencilla con ciertos rituales. Si yo tuviera que decidir cada vez cuándo, dónde y cómo iba a pasar el día, seguramente nunca saldría de casa.

Pero esa mañana no podía concentrarme bien. Seguía teniendo clavado en los huesos lo de Regina. Comí sólo un cruasán y aplasté el otro con la taza para dejarlo lo menos apetecible posible.

A cambio me permití un segundo café con leche y charlé un ratito con la camarera sobre su perro. Un lanudo beis con las orejas caídas y un hocico gordo de color negro brillante. Normalmente vagaba sin parar por el café y coqueteaba con los clientes. Pero esta vez estaba echado en un cesto, detrás de la barra, con una venda en la pata delantera derecha. Lo habían atropellado unos días antes.

—Dentro de tres semanas ya estará bien —dijo su dueña y se fue otra vez a anotar pedidos.

Miré por la ventana. A Regina no le debía de faltar razón cuando se le ocurrió pedirme ropa, cavilé. ¿Tan grave era ya mi caso o era pura maldad por su parte? Pero yo no le había hecho nada —al menos nada que pudiera recordar.

Yo tendía a verme más gorda de lo que en realidad estaba. Y con un poco de sinceridad, tenía que reconocer que eso no era otra cosa que una estrategia bastante engañosa. Quería oír «¿Tú? ¡Qué vas a estar tú gorda!», o por lo menos, «Bueno, cada uno es muy dueño de imaginarse lo que quiera».

Algo así. Un pequeño consuelo. Un poco de leña al fuego de las figuraciones. En realidad, muy cerca del autoengaño. O andar a la caza de cumplidos, por decirlo de una manera algo más positiva. Si alguien me hubiera dicho: «Sí, realmente tendrías que cuidarte un poco más», seguro que me hubiera dado un síncope. O al menos habría quedado bastante conmocionada. Como ahora por lo de Regina.

Ni siquiera sabía cuánto pesaba exactamente. Bien pensado, la culpa era de Bina.

—Deja ya esa estúpida manía de pesarte —había dicho hacía más o menos un año, cuando otra vez volví a quejarme de mi peso—. Pesarse no hace más que empeorar las cosas, porque de esta manera te obsesionas aún más con la comida y así tampoco vas a adelgazar. Pesarse es una tiranía. ¡Hazle caso a tu intuición!

Me pareció una buena idea. Al fin y al cabo, Bina sabía de qué hablaba. A los trece o catorce años, había tenido bastantes problemas con la comida. —Escapé de la anorexia por poco —opinó.

Hacía tiempo que no se pesaba, comía lo que le pedía el cuerpo y su figura era envidiable: piernas aptas para minifalda, trasero firme y una bonita tripa plana. Y encima el pecho en su sitio, ni demasiado ni demasiado poco.

—Hola, Vicky —oí de repente a una voz que me era conocida— sigues viniendo todas las mañanas aquí...

Ralf. Mi altísimo, rubio y bien afeitado ex novio. Junto a él, pasándole suavemente un brazo por la cadera, una mujer con una melena hasta los hombros, de pelo negro con rizos de Niño Jesús y ojos azules, zapatillas deportivas de moda y un vestido corto de franela color burdeos por debajo de un abrigo azul de tejido vaquero pegado a la cintura de tan entallado. ¡Pues muy bien! ¡La mujer perfecta!

—¡Ah, por cierto! Ésta es Desi. Desi, Vicky. Vicky, Desi.

Un apretón de manos firme, un gesto amable con la cabeza y un «hola, encantada».

—Estuvimos aquí ayer por la noche y Desi olvidó su chal —siguió hablando Ralf—. Queríamos mirar si aún está. —Y, volviéndose hacia la chica—: ¿Por qué no preguntas?

El Niño Jesús salió rápidamente a rebuscar en el guardarropa y Ralf y yo nos quedamos solos.

—Siéntate un momento —dije.

Ralf plegó su metro noventa y cinco en la pequeña silla del café.

—Cuánto tiempo sin verte. ¿Cómo te va la vida?

—Bueno, nada especial —dijo él. Se frotó la mano en la pernera del pantalón y sonrió un poco a medias—. Aparte de que me he pasado a un pequeño banco privado. Más posibilidades de promoción, más dinero, y el departamento de inversiones es lo mejor de lo mejor. ¿Y tú?

Por qué las conversaciones con ex novios acompañados de su nueva novia, con los que te cruzas por casualidad en un café, tendrán que ser siempre tan espantosamente banales, pensé. Y empecé, sin ahondar mucho tampoco, a hablar también de mi trabajo. De Helen, de los perros de chocolate y de los prospectos para un forjador artístico, de que Bina vivía ahora en Los Ángeles…

Desi nos rescató de los penosos silencios.

—Lo he encontrado —dijo agitando en la mano una estola de color malva.

—Estupendo —exclamó Ralf—. Bueno, Vicky, hija, tenemos que irnos. Así que… —Se apartó su mechón rubio de la cara, se dio una palmada en el muslo y se levantó.

No hubo apretón de manos y menos besitos. Sólo un gesto, otra sonrisa y *ciao*.

Por la ventana pude verles caminando calle abajo. Cogidos de la mano, con los dedos entrelazados. Como se hace sólo cuando se está enamorado de verdad.

Sin que yo quisiera, me acordé de que Ralf seguía usando 1881. Me sentí como si el perfume aún flotara en el aire.

Lo habíamos elegido juntos. Muy al principio. Pasamos por lo menos una hora en la perfumería y Ralf se roció cada trocito de piel hasta que, de tanto oler, los dos acabamos con dolor de cabeza mientras las vendedoras nos miraban con gesto de reproche.

Cuando, después, yo estaba sola echada en la cama, siempre me ponía su camiseta de dormir, porque olía a él.

Pagué mi desayuno y eché a andar por el barrio. Para poner las ideas en orden.

Ralf podía enamorarse de quien quisiera, al fin y al cabo hacía medio año que nos habíamos separado. Y estuvo bien así. De acuerdo, al principio había llorado a moco tendido, porque, al fin y al cabo, siete meses y medio tampoco se pueden borrar de un plumazo. Y, claro está, también hubiera sido bonito haber encontrado a la persona de tu vida. Pero sencillamente no éramos el uno para el otro.

Él con su manía de madrugar y esa necesidad casi imperiosa de estar siempre moviéndose, y yo, que prefería irme al bar antes que correr cinco vueltas alrededor del Alster. Luego, sus patilargos compañeros del banco y del rugby. Él, en cambio, con Bina no sabía ni qué decir y a Gerald lo encontraba raro.

Nos habíamos conocido en una fiesta. Bebimos como esponjas, bailamos y después hubo algún besuqueo en la terraza. Esa misma noche aterrizamos en la cama. No fue nada del otro mundo, para eso los dos llevábamos demasiado lastre. Pero, en fin, aceptable. Y a la mañana siguiente horas y horas de charla y risas. Sinceramente, ya no recuerdo de qué. Sólo que fue simpático y de una sencillez maravillosa. Al contrario que con los otros dos o tres ligues de noches anteriores.

Seguimos juntos. Pero Ralf seguramente no me quería de verdad. Al menos no como para decírmelo. Sólo le salía un «sí» o «yo a ti también». Y de alguna manera siempre flotaba esa sensación de que ni siquiera eso era verdad. Finalmente, hasta él lo confesó.

—¿Sabes, Vicky? —dijo—, tú me importas cantidad, pero ese cosquilleo maravilloso, ese *Uuuuh*, eso falta.

Y yo no dije nada porque no supe qué decir. Me fui.

Para ser sincera, yo tampoco hubiera podido asegurar que estaba enamorada. No sólo en la cabeza, sino muy adentro, en el corazón o en el alma o donde quiera que uno se sienta enamorado. Tal vez sólo quería creerlo porque me halagaba que un tipo tan fantástico como Ralf me prefiriera a mí. Quizás pensé también que por lo menos uno de nosotros tenía que sentir algo más profundo cuando llevábamos siete meses juntos. O porque ya había decidido varias veces enamorarme de alguien con el que me acostara más de una vez.

Ni idea. Y en ese momento eso tampoco importaba. Sencillamente, cuando él me salió al paso con su mujer de bandera, yo no tenía que haber estado allí como el patito feo, con mi viejo pantalón de pana marrón y la pueril chaqueta con capucha. Por lo menos llevaba el pelo recién lavado.

¿Desi? ¿Qué estúpido nombre era éste? Probablemente el diminutivo de Desirée o algún otro nombre de furcia. Y el apellido seguramente sería Müller, Meier y/o Schulzinger. ¡Desirée Schulzinger!

¿Cómo podía estar primero conmigo y luego con esta Desi? Éramos mujeres completamente distintas. Pero en el fondo era comprensible.

Al principio aún decía que mi cuerpo le parecía erótico, «sensual como el Oporto añejo». Entonces todavía hacíamos el amor una vez al día, por lo menos. En la cocina, en la sala de estar, en el pasillo. En la bañera estuvimos a punto de ahogarnos y en el garaje casi nos pillan en plena faena.

—Como conejos —dijo Ralf—, y nos subimos los pantalones abochornados y componiendo una sonrisa sarcástica.

Yo ya no sé muy bien cuándo se acabó lo del «Oporto». Luego empezaron las miradas. Yo las notaba cuando me duchaba o cuando me desnudaba. En algún momento empecé a preferir ir sola al cuarto de baño y cuando estaba acostada en la cama procuraba liarme la sábana al cuerpo con todo el estilo que podía.

—Tendrías que hacer algo con tus brazos —dijo Ralf una vez que me quise poner un *top* sin mangas—. A toda mujer le llega el día en que tiene que decidirse: moldear los bíceps o taparse.

Lo dijo riéndose. Le parecía gracioso. A mí no. Porque sabía que en esa broma había por lo menos algo de verdad.

Lo del sexo también fue a menos. A una vez a la semana, a lo sumo.

«Humm, estoy cansado», decía Ralf cuando volvía a casa después del entrenamiento de rugby, se dejaba caer en el sofá y yo le recorría el cuello a besos, que sabían a gel de ducha. O a veces: «No me presiones, ¿vale?».

Y en otras ocasiones era yo la que no tenía ganas. Por las mañanas, cuando se apretujaba contra mí, echándome en la mejilla su aliento perezoso. Las erecciones matutinas sencillamente no me ponían cachonda. Demasiado discrecional. Yo quería deseo de verdad y no ese resbalar por encima antes de ir al baño porque la cosa ya estaba levantada.

Probablemente nunca fui su tipo, pensé yo. Sólo un episodio. Nada más. Con esta Desi seguro que se esfuerza un poco más que conmigo. Una bomba así ni Ralf la encuentra en cualquier esquina. Ella siempre le parecerá sensual. ¡Mierda de tío!

Di un puntapié a una lata de cerveza que había en la calle. ¿Por qué, maldita sea, tuve que encontrarme con esos dos? Ya no estaba enamorada de Ralf, ni siquiera me sentía triste, ¿pero por qué tenía que ser tan guapa? ¿Por qué tenía que ser mucho más guapa que yo? Primero Regina, luego Ralf y Desi. ¿Por qué tenía que tocarme todo a mí?, pensé cuando por fin subía la escalera de casa.

Y como el día ya estaba echado a perder, saqué la báscula de debajo de la cama. *Face it*, Vicky!

Soplé las motas de polvo, me desnudé para que el resultado fuera lo más bajo posible, respiré profundamente y me coloqué encima.

Entre mis pies se movía la señal digital. Dejó atrás los 50, los 55, los 60 (mi peso de hacía un año) y se quedó detenida en 65. Bajé de un salto. No podía creerlo. Aquí debía de haber un error tremendo. El cacharro estaba averiado. Seguro.

Segundo intento. Y otra vez: sesenta y cinco kilos. Había engordado cinco kilos. ¡Diez libras! Sesenta y cinco kilos para un metro sesenta y cinco.

La cruda realidad, la báscula no mentía, no se dejaba engañar. Ésta era la verdad.

¿O no? Un kilo más o menos podía descontarlo calculando así a ojo. La comilona con Helen, el helado, la tarta: todo eso aún lo llevaba dentro. ¿Había ido al baño? ¿Hasta dónde había llegado la digestión? ¿Y la vida media del pollo a la mantequilla, etcétera, etcétera, etcétera? Ni idea. Seguro que todo eso había causado retención de líquidos en los tejidos, o algo parecido. En todo caso había motivos para suponer que por lo menos un kilo no era grasa de verdad.

Ahí estaba otra vez. El autoengaño. Pero ahora con un resultado más bien pobre. Porque incluso si ese kilo fuera de un material más bien neutral, ¡aún quedarían cuatro de asquerosa, fea, absolutamente abominable GRASA!

Primero tuve que sentarme en la cama. El corazón me latía como loco y empecé a llorar. Infantil. Absolutamente ridículo darle tantas vueltas a dos números rojos de una señal digital. Traté de tranquilizarme. Al fin y al cabo, la conversión en elefanta no había ocurrido de la noche a la mañana. Después de todo, sesenta y cinco kilos aún era un peso normal. Setenta, sí, eso sí que sería para echarse a llorar, u ochenta. ¿Pero sesenta y cinco? Sesenta y cinco, incluso en el peor de los casos, aún entraba en la categoría de «rolliza». Pero no gorda. ¿O sí?

¿Por qué no había tenido cuidado, por qué había pasado por alto todas las señales de alarma? Al fin y al cabo, hacía ya meses que no me sentía realmente a gusto dentro de mi piel. Y que los pantalones antes me quedaban más flojos y que el sujetador antes se me hincaba menos en la grasa de la espalda ya lo sabía desde hacía más de cinco minutos.

«La represión es un mecanismo de protección fortísimo», habría dicho Usch. Y era muy evidente que yo había reprimido la realidad con mucha energía. Sencillamente, había pasado de todo, y no digamos de tomar medidas. De alguna manera el problema había quedado fuera de control. ¿Pero cómo?

Sin duda tenía que ver con que ya no fumaba. Todo el mundo sabe que si se deja de fumar se engorda. Pensé. ¿De veras había comido más? Al principio quizás, las primeras semanas. ¿Y después? En realidad, lo normal. Pero el metabolismo cambia, se me ocurrió: los fumadores queman más.

Y cuando pasó lo de Ralf comía porque estaba frustrada y sola —y seguro que también porque ya no había nadie que me pudiera ver desnuda. Ningún regulador.

Y después esta Navidad, encima. Las pastas, el rollo de mazapán que me regaló la madre de Usch. El ponche de vino con especias, el pavo con croquetas y la lombarda con aquella salsa con tanta grasa en casa de mis padres, el paté de hígado casero en casa de la tía Hedwig y de la abuela. Tanto estar sentada delante de la televisión, cerca de la nevera, las palomitas que de vez en cuando me compraba en el cine. Y el frío mataba cualquier impulso de ir en bicicleta. Lo uno se había añadido a lo otro y yo sencillamente no había tenido cuidado.

¿Qué hacer para perder peso otra vez? ¡Comer tenía que comer! Pero cuando comía era incapaz de parar. Además, comer me calmaba. Comiendo podía olvidar lo que no funcionaba en mi vida. Que, desde que Ralf y yo nos separamos, ya no hubiera nadie que por la mañana despertara y por la noche se durmiera a mi lado. Que ganaba demasiado poco dinero y que, a todas luces, mi carrera no avanzaba como era debido. Que algunas veces yo misma me sacaba de quicio.

Comer era mi pequeño asidero, Valium con calorías, éxtasis con sabor a chocolate. A veces también un mero pasatiempo. Por otra parte, sencillamente me gustaba: las patatas fritas y los gusanitos me dejaban relativamente fría, pero por los bombones belgas habría empeñado mi última camisa. Una rebanada gruesa de pan fresco untada con una buena cantidad de mantequilla era una de mis pasiones, exactamente igual que el queso curado, con ese regusto a nuez. En las salsas, nata o leche de coco. Pasta boloñesa, *risotto* con robellones y grandes lonchas de parmesano y una copa de vino tinto italiano para acompañar. Y el borde de grasa del asado de cerdo siempre lo dejaba para el final —el premio que me reservaba a mí misma.

Simplemente me encantaba todo lo malo. A ser posible, a menudo y en raciones como las que servían en los bares de camioneros. Aunque por gusto me hubiera podido decidir por la *nouvelle cuisine* —mucha decoración y poca comida—, para quedar satisfecha necesitaba ver un plato bien colmado. Si no podía con tanto, lo dejaba. Si es que alguna vez no podía con algo.

¿Cómo era posible que Bina pudiera fiarse de su instinto? A lo mejor el suyo realmente le decía: «Eso es mejor dejarlo: como mucho, se queda un minuto en la boca, y toda una vida en las caderas». O: «Estás tan llena que no te entra ni medio fideo».

Pero mi instinto era un tramposo. Tan pronto me apetecía algo, me susurraba: «Todo bien, hay luz verde, esto lo necesitas ahora sin falta». Es cierto que luego enseguida llegaba la mala conciencia, como ayer después de la tarta de pasta quebrada o la noche con Helen. Pero eso no cambiaba nada: a la siguiente ocasión caía otra vez en la trampa. Si se trataba de comer, la curva de mi aprendizaje era estremecedoramente plana.

Y eso que yo sabía muy bien qué hubiera tenido que hacer: pisar el freno, no beber más vino; de cosas fuertes, nada de nada, y trabajar duro en el gimnasio. No tenía ni idea de por qué no lo conseguía. Mi voluntad se había vuelto tan débil como mi tejido conjuntivo.

Me enjugué las lágrimas de la cara y me limpié la nariz con una de las camisetas que estaban repartidas por el borde del cesto de la ropa. Ni siquiera esto lo conseguía: meter las camisetas en el cesto de la ropa sucia. Gorda, vaga, desordenada. ¡Y a fin de cuentas con sesenta y cinco kilos sólo faltaban cinco para setenta!

Pensé si debería llamar a Usch. Pero, de todas maneras, estaba en la escuela. ¿Eva? ¿Gerald? ¿Mandar un e-mail a Bina? ¿Para qué?

«Ahora peso sesenta y cinco kilos, soy una foca gorda y mi ex tiene una supernovia que es aproximadamente cien veces más delgada.»

No. Eso no lo iba a hacer. No ahora. Bastante vergüenza me daba ya a mí misma. No quería hablar con nadie. ¿Qué iban a decir Usch o los demás? «No te pongas así, mujer», o cosas por el estilo. Naturalmente, hubiera sido amable por su parte. Pero ahora no quería que me consolaran. Lo único que quería es que todo fuera de otra manera. Sobre todo yo.

3

El pasado no pasa así como así

El orden externo vence el caos interno: una de las máximas para la vida que mi madre me había ido enseñando.

Pasé la aspiradora para quitar las pelusas de suciedad que ya formaban montones en las esquinas de la habitación, trasladé los documentos para la declaración de la renta de la mesilla de noche al escritorio, lavé los cacharros de los últimos días, metí la ropa de color en la lavadora, me senté delante y me quedé mirando cómo giraban en el tambor bragas, sábanas, camisetas y vaqueros.

Naturalmente, sabía que no estaba gorda de verdad. Al menos no como para que, cuando fuera a la consulta para el chequeo anual, mi médico de cabecera, con una mirada paternal, me pusiera delante de las narices folletos de clínicas especializadas. Pero dentro de mi cabeza seguía siendo la pequeña rechoncha de antes a la que los demás niños llamaban «Vicky la del culo gordo».

Y eso que tampoco entonces era realmente gorda. Al menos no desde el principio. Más bien fuerte, pero no tenía las rodillas puntiagudas de otras chicas que, al contrario que yo, resultaban encantadoras de verdad con sus cuellos de volantes y sus orejeras, moda abrigada de principio de los ochenta.

Sin embargo, para mi madre yo tenía que ser decepcionante. Y hasta podía entenderlo: ella, que siempre estaba tan orgullosa de su figura, que todas las mañanas pedaleaba en la bicicleta de ejercicios y que dos veces por semana correteaba por la cancha de tenis, sólo para no engordar ni un gramo más de la talla 36, ella después de todo tenía clavada la espina de un desastre de hija que no paraba de cacarear pidiendo de comer.

Que yo no hubiera salido a ella, que en mí apenas pudiera adivinarse nada de su grácil familia, creo que esto lo tomaba como una ofensa personal. Yo tenía las piernas cortas y era de constitución fuerte; así pues, al margen de la estatura, era por completo la hija de mi padre. Sólo que la corpulencia de él a ella no le molestaba. Como mucho, papá era sometido a dieta poco antes de Navidad, y ni siquiera por razones de estética, sino de salud.

«Leo, quiero que cuides tu corazón», decía ella entonces, y mi padre contestaba: «Tienes razón, Ela».

De mis vasos coronarios ella no se preocupaba para nada. Lo único que quería era no tener una hija gorda. Porque, de eso estaba convencida mi madre, las mujeres gordas no podían estar contentas, ni tener éxito ni ser felices. Y, desde luego, los hombres estupendos no eran para ellas.

—No es de extrañar, los últimos años se ha abandonado mucho —cuchicheaban ella y sus amigas del tenis cuando nuestro vecino se fugó con una jovencita y abandonó a su mujer con la cara apagada, profundas ojeras y unos kilos de más en las caderas.

No es que mi madre fuera mala, remilgada o completamente desprovista de humor, como quizás se podría suponer. Todo lo contrario, lo único que hacía era pensar igual que millones de personas: los hombres eran corpulentos y robustos; las mujeres gordas y feas.

Al margen de esto, ella siempre había sido más bien del bando conservador. «Emma», el movimiento feminista, Woodstock, todo eso había pasado sin hacerle mella, y mientras que a finales de los sesenta otras chicas se manifestaban, quemaban sus sujetadores y leían a Marx, mi madre solía ir primero al salón de belleza y después, con sus diversos primos, a los guateques de sus respectivas asociaciones de estudiantes.

Un día mi padre se cruzó en su camino: sable a la cintura, pantalones blancos, quepis y botas por encima de la rodilla, 1,80 de altura y todo menos enjuto.

«Como Curd Jürgens cuando era joven», decía siempre mi madre cuando veía fotos de antes. Curd Jürgens era su ídolo. Pero yo no podía descubrir ningún parecido entre mi padre y Curd Jürgens, al margen de la «presencia», quizás.

Amor a primera vista, por ambas partes. Leopold y Elisabeth: la pareja ideal. Mi madre dejó colgada la carrera de Historia del Arte y en lo sucesivo dedicó su vida al matrimonio, que, hasta donde a mí me parecía, era bastante feliz. Y luego llegó la carrera de juez de mi padre y las fiestas y recepciones consiguientes, nuestra casa con su jardín, su deporte, las amigas del tenis, las colectas de dinero para los asilos infantiles, las escuelas y los pozos de agua potable de todo el mundo. Y me tuvo a mí. Por ese orden.

En cuanto a mi manera de comer, sin embargo, en este aspecto apenas hubo nunca motivos para acusarme de desinterés. Recuerdo perfectamente, por ejemplo, sus intentos de esconderme las chucherías. Sus esfuerzos eran más bien vanos, porque, a pesar de eso, yo husmeaba todo como un cerdito buscador de trufas. Y luego esa mirada de reproche cuando por segunda vez echaba la mano al plato de tarta. Aquel «Vicky, ¿no tienes aún bastante?».

Inflexible, pero, pedagógicamente en modo alguno eficaz: cuanto más se oponía a mí y a mi apetito, más hambrienta y voraz me volvía yo. Aunque sólo fuera por llevar la contraria.

Por lo menos mi padre siempre trataba de consolarme con la historia de los huesos pesados. Eso siempre lo aprecié en él, pero tampoco me sirvió de mucho. Después la pubertad me pilló de lleno: granos y ataques de voracidad. «Son las hormonas», le explicó a mi madre el pediatra. Y yo empecé a comer no sólo como protesta, sino porque yo misma me veía horrible. Horriblemente gorda con mis setenta kilos de entonces.

Díganme: con estos antecedentes, ¿cómo se va a desarrollar la autoestima y la confianza en el propio cuerpo? Desgraciadamente, no viene ningún pajarito que le píe a una al oído: «Eres la golfa más cachonda al oeste de todo lo habido y por haber», para que luego se tire una el resto de sus días meneando el culo y con la cabeza alta. No, para eso hacen falta vivencias de éxito en las fases que marcan.

Pero en ésas yo solía echarme en la cama y, con los ojos abiertos, soñaba con un hada que me concedía los consabidos tres deseos y si así hubiera sido, yo habría renunciado a dos y con la fuerza de tres hubiera tenido sólo uno: ser por fin guapa de verdad. El problema era que las hadas sólo existen en los cuentos. Y en los ensueños de las chicas rechonchas.

Probablemente me habría emborrachado de autocompasión hasta la hora de irme a dormir si no hubiera quedado con Usch para ir al cine. Una buena película, una buena amiga y un vaso de vino: eso era precisamente lo que me venía bien ahora.

Cuando llegué al Stern, ella ya estaba en la taquilla. Con Nils. ¡Pues qué bien! Necesito una amiga para reconfortarme en su hombro y ella se trae a su maromo.

—¿No te molesta, verdad? —preguntó mientras Nils compraba las entradas—, lo está pasando mal. Ayer estuvo recogiendo sus últimas cosas en casa de su ex y en la escalera se encontró con el nuevo.

«Bueno, ¿y qué? Ahora te tiene a ti. Y yo también estoy hecha polvo, yo también me encontré con mi ex. ¡Con la nueva!», me hubiera gustado decir. Pero me callé.

—Y, ¿sabes?, mañana tiene que ir a Baviera a la Feria de la Madera y la Artesanía y luego, encima, visitar amigos, y hoy era el último día que tenía tiempo. Pero yo no quería romper la cita contigo en el último minuto. ¿Comprendes? —Usch me miró con ojos de súplica.

—Claro, naturalmente, es lógico. Vamos, no le des más vueltas —mentí y hasta me reí al decirlo. ¿Qué iba a decir si no? Yo sabía que la historia de Nils ya era bastante difícil para ella.

Su novia y él se habían separado. Lo clásico al revés: él quería hijos y la ex prefería hacer carrera. Borrón y cuenta nueva, y medio año después entró en escena Usch. Ella se enamora hasta los huesos y Nils le dice una y otra vez que, antes que nada, él tiene que encontrarse a sí mismo.

Así llevaban casi dos meses, pero el encuentro consigo mismo de este Nils daba la impresión de que era desahogarse llorando en el pecho de Usch, pasar la noche con ella de vez en cuando y después tirarse unos días sin dar señales de vida.

No podía quitarme de la cabeza que lo único que hacía era aprovecharse de Usch.

Yo conocía de sobra a esta clase de hombres. Como aquél de la Universidad. En tiempos caí en sus redes como Usch en las de Nils. Después de dos meses de orgías en la cama, la cosa terminó con el tío explicándome que en esos momentos él «estaba sexualmente demasiado indeciso para una relación de pareja». Lo que significaba que también quería acostarse con hombres. «Siento que te duela. Yo no quería hacerte daño, ¿podríamos seguir siendo amigos?». Bla, bla, bla, el consabido rollo de siempre. Cuatro días después lo vi en la discoteca metiéndole mano a una estudiante chilena.

A mí me hicieron falta semanas para superar la decepción. Y para perdonarme mi propia estupidez. Porque, exactamente igual que Usch, yo estaba segura de que su «indecisión» terminaría más pronto o más tarde y después se quedaría conmigo.

¡Lagarto, lagarto! Yo quería poner en guardia a Usch. Se lo había pedido por lo menos cien veces: ningún hombre se decide por una mujer que de pura entrega pasa la noche ante su puerta. Los hombres necesitan tener la sensación de que han domado a una fiera. O por lo menos a una mariposa incapaz de decidir en qué flor prefiere posarse. Pero Usch no me creía.

Además, Nils tampoco era precisamente retraído en su emotividad. No era de extrañar que Usch tuviera problemas para mantener la cabeza fría. Una vez estuvimos juntos tomando una cerveza y él no paró de rodearla con el brazo y acariciarle el hombro. Y cuando sonó *Sexbomb* de Tom Jones, la miró a los ojos con un gesto tan profundo y tan lujurioso que yo me detuve a estudiar los matices de color de la pared rosa de enfrente para que no se creyera que tenía inclinaciones *voyeuristas*.

Al margen de eso, Nils tampoco era un mal tío —si a una le gustan los tipos pequeños y atléticos—. Tenía una carpintería junto con un hermano, donde hacían trabajos a medida y restauraban muebles antiguos. Y cuando hablaba de su trabajo, se entusiasmaba y dibujaba en el aire con las manos sillones, mesas y pequeñas cómodas con patas torneadas. Pero todo esto no cambiaba nada el hecho de que con Usch se portara como un cerdo. Sólo estaba a las maduras.

Pero quizás yo estuviera equivocada con Nils. Posiblemente seguiría con ella, y todo iría de perlas —aunque entonces quedase menos tiempo para mí.

Como ahora, con esta inesperada noche a tres. Usch debió de notar algo porque cuando después de ver la película estábamos en el bar tomando el primer vino y volví del lavabo, Nils ya no estaba.

4

Treinta kilos en tres días y otras mentiras

—¿Dónde está? ¿Ha pasado algo? —pregunté

—A nosotros nada, pero a ti sí. A ti sí que te pasa algo. Casi no abres la boca, no eres capaz de mirarme a la cara. ¿Estás enfadada porque le he traído?

—Ah, Usch —dije yo únicamente, miré hacia la mesa y traté de contener las lágrimas. Después se lo conté todo. Lo de la tarta, lo de la báscula, lo de esa Desi que iba con el brazo en la cintura de Ralf, que estaba completamente desesperada, que me sentía horrible, como una medusa gorda e indisciplinada.

Usch tardó en hablar, sólo me acarició el brazo. Y después:

—Vicky, cinco kilos no son un mundo y tú, créeme, no eres una medusa gorda.

—Teniendo en cuenta que antes pesaba cincuenta, no —opiné yo. Usch pesaba cincuenta kilos. Cincuenta kilos perfectamente repartidos.

—Naturalmente, yo comprendo que esto te asuste. Cuando yo peso un kilo o kilo y medio más, también entro en crisis. No sé si me vas a creer, pero hace poco hasta soñé que algún loco me había dado Coca Cola normal en vez de Coca Cola *light* y que yo me pasaba semanas bebiendo este jarabe de azúcar sin saberlo. ¡Qué desastre!: por la mañana estaba rendida, enferma. Le damos tantas vueltas a la estúpida figura, que nos persigue hasta en sueños.

—Pero, es que es así, Usch. Nadie quiere ser gordo ni engordar. Ésa es la verdad. El que no es delgado es de otra galaxia —dije.

—Ahora, para —replicó Usch—. Tienes un pelo precioso, unos ojos muy bonitos, un estilo propio, no como esas muñecas clonadas, y por tu boca hay muchas mujeres que darían una fortuna. Sólo que tú eso no lo ves. De acuerdo, no eres una tabla, pero todo está bien proporcionado. Imagínate que estuvieras muy delgada y sólo la barriga fuera gorda. Como ésa de ahí por ejemplo —señaló con un leve gesto de la cabeza en dirección a una mujer que entraba por la puerta justo en ese momento: un torso corpulento, un pecho gigante y unas piernas como palillos.

—¡Qué gracia! Siempre puede ser peor —dije yo. No era precisamente el colmo de la amabilidad. Pero, por desgracia, las mujeres, sobre todo las muy infelices, las que están totalmente descontentas consigo mismas, pueden ser bastante crueles con otras—. ¿Sabes? Lo peor es que no puedo controlarlo. Yo no soy tonta. Ya sé que me pueden pasar cosas mucho peores en la vida que pesar sesenta y cinco kilos. Pero me siento tan desvalida, no quiero odiarme a mí misma, pero aun así lo hago. Y tengo tanto miedo de seguir engordando, de perder totalmente el control y arruinar toda mi vida.

—Escucha —dijo Usch—, si quieres adelgazar, yo te apoyo. Podemos ir a hacer *jogging* o aeróbic. Y te doy una colleja si veo que vas a comprar patatas fritas. Por favor, entiéndeme bien: yo no te veo gorda. Desde mi punto de vista no tienes por qué adelgazar, pero a lo mejor a ti sí que te ayudaría. Mi madre ha perdido un montón de peso. Unos quince kilos o así, fijo. Es una persona completamente distinta, segura de sí misma y contenta. Como nunca la había visto.

¿Quince kilos? ¡Y la mujer tiene más de sesenta años! Nunca me hubiera imaginado que precisamente ella iba a preocuparse de lo que pesaba. La madre de Usch era para mí sencillamente una mamá gorda en cuyo hombro se podía desahogar una y que cuando iba de visita llevaba un asado de carne en un envase de plástico.

—¿Cómo lo ha conseguido? —pregunté.

—Dieta disociada, creo —respondió Usch—. Aunque más bien me parece que prácticamente no come nada.

—Lo comprendo, a mí me pasó lo mismo con la dieta disociada. Nunca entendía qué se podía comer con qué. También por eso aguanté tan poco tiempo. Dos o tres semanas como mucho.

—¿Y?

—Ni idea, lo de siempre: tres kilos menos y luego poco a poco cada vez más.

—Yo probé la de Atkins una vez... —dijo Usch—. Ya sabes: el del anuncio «¿quién entra en los vaqueros más estrechos?».

Yo moví la cabeza negando:

—¡Santo Dios! El arma secreta de mi padre. Si hay que hacer dieta, que sea comida de hombres: nada de pan, nada de pasta, nada de patatas, sólo tocino, embutido, queso, pescado, nata y huevos.

—¿Colesterol? ¿Qué es eso? —rió Usch entre dientes y me preguntó si cuando yo iba al Instituto la dieta de Hollywood estaba ya tan de moda.

—¡Pues claro! Muchas proteínas, pocos hidratos de carbono, sólo carne magra, pollo y fruta —dije en tono profesoral—. Un poco cara, pero en realidad muy sabrosa. Junto con las cantidades industriales de laxantes que tragábamos entonces, hasta conseguí adelgazar unos kilos.

—Éramos tan locas a aquella edad —dijo Usch—. Hacíamos todo lo que se ponía de moda. Pero para mí el no va más era la dieta de las de ballet.

—¡Sí, ésa! —exclamé yo.

—¿Tú también la conoces?

—Sí, claro, nosotras la llamábamos dieta de la bailarina.

Nos echamos a reír hasta que se nos saltaron las lágrimas.

—Baila-baila-rina —hipó Usch y nos reímos aún más.

La leyenda decía que, antes de las grandes actuaciones, las bailarinas se quitaban el último resto de grasa de los músculos no comiendo nada más que chocolate. Cosa que, naturalmente, no aguanta ni siquiera una bailarina que alguna vez quiera pasar de la quinta a la primera fila.

Cuando yo lo intenté en su día, no era adelgazar lo que más me importaba. Pensaba más bien en una especie de cura de chocolate: comer todo el chocolate que hiciera falta para no poder verlo nunca más o vomitarlo. Como en esa cura de deshabituación del tabaco en la que, encerrado en un cuartucho sin ventanas, hay que fumar un cigarrillo tras otro hasta que se consigue que a uno le den náuseas sólo de ver una cajetilla. Puede que esto funcione con la nicotina (o que le funcione a otra gente). Sea como sea, con el chocolate (y a mí) no dio resultado.

A Usch tampoco se lo dio.

—No sé cómo se le puede ocurrir a alguien que con el chocolate se adelgace. Primero, contiene demasiada grasa, y segundo, produce estreñimiento. Cuando yo tenía diarrea, mi madre siempre me daba chocolate en bloque. Ya sabes, el amargo con letras.

—Justo: para bloquear, chocolate de bloque.

Usch y yo siempre estuvimos de acuerdo en que, si se nos hubiera garantizado una reducción drástica de carnes, hubiéramos bebido puré de polluelos de incubadora con zumo de tomate durante una semana.

—Treinta kilos en tres días: con nuestro potaje mágico usted también lo conseguirá —pregonó Usch con una voz que sonaba a la de Harry Wijnford en *El precio justo*.

—Pruebe con la sopa quemagrasas y adelgazará todo lo que USTED quiera en un santiamén —repliqué yo.

—Adelgace disfrutando con la dieta mediterránea. Sin pasar nada de hambre —intervino Usch.

—Como si el problema fuera el hambre —dije yo—. En mi caso por lo menos no. O no de verdad. No en el estómago. Por eso ese consejo tan bueno «¿Te apetece algo dulce? Come un plátano», no me sirve para nada. Me como un plátano, dos o tres incluso, y luego salgo en plena noche a comprarme una chocolatina en la gasolinera.

Usch decía que, en el fondo, las dietas no son más que charlatanería, porque, en lugar de confiar en el propio cuerpo, una se pasa el día comiendo a hurtadillas.

—Y, al final, el resultado es cero —dijo—. Pero a la gente le gusta que la engañen: creen seriamente que basta con que se tiren dos o tres semanas torturándose con patatas o huevos y que luego todo va a ir bien. Pues yo no necesito pensar ni un poquito para darme cuenta de que eso no puede ser verdad.

—Bueno, sí —dije yo— pero esas pócimas de los especialistas en nutrición tampoco animan mucho. Lo que hay que hacer es cambiar los hábitos alimenticios y moverse, y después perder gramo a gramo, a ritmo de caracol.

—Porque sólo así se esquiva el efecto yo-yo. Tú conoces la historia del metabolismo basal, ¿no?

—¡Deja ya eso del efecto yo-yo, Usch! Lo del cambio de hábitos alimenticios también es otra patraña. Con eso, en lugar de unos días, es toda la vida a pan negro seco o sólo fruta hasta las tres de la tarde o qué sé yo. Sólo se puede adelgazar comiendo menos y si yo quiero adelgazar y después seguir delgada, eso quiere decir que tengo que tener cuidado y renunciar a comer para siempre. Porque, si yo empiezo ahora a comer menos, tengo que comer menos durante todo lo que me quede de vida, porque he reducido el metabolismo basal y ya estamos otra vez con el efecto yo-yo. A pesar del cambio. ¿O no?

Usch no supo qué contestar a eso. Se rascó la cabeza y dijo que no lo pusiera más complicado de lo que ya era de todos modos.

—Es la pescadilla que se muerde la cola. En el fondo, sólo puedes perder. Por un lado, las dietas son terriblemente peligrosas. Pero por otro, el peso normal te lleva al «mírala cómo se abandona», y, puestas así las cosas, ¿qué le queda a una? ¿Pegarse un tiro?

—¿Qué te parece si en vez de pegarte un tiro vinieras conmigo alguna vez al gimnasio? —preguntó Usch—. Eso no sería tan dramático, pero, de todos modos, mejor que cualquier dieta. Primero, es divertido, y segundo, estimulas tu metabolismo basal. —Pronunció «metabolismo basal» con un énfasis muy especial.

—Tú lo único que quieres es llevarte el premio por captar un cliente —refunfuñé yo.

Justo cuando nos habíamos abrazado en la calle para despedirnos, preguntó Usch cómo había ido mi cita con Helen.

—Estuve todo el tiempo pensando en preguntártelo. Tú no has dicho nada y ayer por teléfono también me olvidé.

—Sí, en realidad muy bien. Seis dibujos fijos al mes y quizás otras cosas. ¿Seguro que aún no lo he dicho?

—No —dijo Usch sacudiéndome el brazo—, no lo has hecho. ¿Y qué quiere decir eso de «en realidad muy bien»? ¿Estás chiflada? ¡Es fantástico! Pero, lo de siempre: lo gorda que estás, la imbécil de Regina, Ralf y su nueva novia, todo eso me lo cuentas hasta el último detalle. Sin embargo, de lo bueno te olvidas. ¿Sabes cuál es tu verdadero problema, Vicky? Que no ves más que lo que va mal y lo que no tienes.

Ya en casa me eché en el sofá. A oscuras. Había luna llena y la veía justo delante de la ventana de mi sala de estar. Grande y pálida, tan clara que podía distinguir los cráteres.

En la tele no había más que basura: anuncios de sexo por teléfono, un porno blando, un magazín erótico y una historia del comisario Derrik del año de la polca. Antes no me había dado cuenta de que hacía quince años a Horst Tappert ya se le notaban las bolsas de los ojos tanto como ahora.

Clic, clic, de una cadena a otra. «Pruebe usted el Torso-Tiger y tendrá el vientre con el que siempre había soñado.» «Una disciplina férrea, una dieta sofisticada y *jogging* diario en el Jardín Inglés son la receta secreta de las beldades femeninas de

Munich...», se oía en *off* una voz adulona como pidiendo «¡Aplausos, señoras!».

La beldad femenina con traje de deporte sonreía a la cámara. Primer plano, más sonrisa y ni una gota de sudor en la frente. Corte. Ahora podía vérsela por atrás mientras corría y después probándose un traje largo de color rojo burdeos.

¿Pero si ésta era...? Repaso mental. ¡Acabáramos! Una actriz que conocía de una saga familiar bávara. En el ínterin la beldad femenina giró como una emperatriz delante del espejo y la voz en *off* jaleó: «Talla 40 y no 44: así se va a una fiesta».

¡Magnífico! Usch con su sermón de «tienes que aprender de una vez a encontrarte guapa. Si ni siquiera lo haces tú misma, ¿cómo puedes esperar que lo hagan otros?». Sonaba fantástico. Gustarse a una misma: ¡qué fácil! ¿Pero cómo si mi cerebro estaba sometido a un lavado continuo?

Con historias exitosas, como la de la beldad femenina de Munich, por ejemplo. Bastaba con que viera carteles publicitarios, películas o que abriera cualquiera de esas revistas a todo color «Soy excepcional, el mundo es mío» para sentir cómo mi vientre presionaba la cintura del pantalón. Para ver que estaba a kilómetros de distancia de lo que durante veinticuatro horas al día se me vendía como modélico.

Delgada = guapa: ésa era la ecuación estética a la que había que someterse. ¿Gorda = guapa? Eso no existía. A lo sumo «Ah, pero sí tú también eres muy atractiva», o «sin embargo, yo no la encuentro mal». *También* y *sin embargo*: palabras sencillas, cortas, que lo revelaban todo.

Quizás otras mujeres sí conseguían reconciliarse con las curvas y los michelines. ¿Pero quiénes? Reflexioné. Helen, por ejemplo, pero incluso ella iba a adelgazar ahora. Por su Heiner. Ja, ja. Solidaridad. ¡Que no me haga reír! ¿Marianne Sägebrecht quizás? ¿Kathy Bates y Kate Winslet tal vez? ¿Y quién más? No se me ocurría nadie más. Yo desde luego no era una de ellas.

Yo quería tener bracitos de cerilla y un vientre de tabla de lavar. Piernas musculosas y finas, largas, y un trasero como Cindy Crawford. Lo que desgraciadamente era inalcanzable. Para eso hubiera tenido que pasar hambre durante cinco años por lo menos o pasarme el resto de mis días pagando los plazos de las operaciones de cirugía estética. Pero por lo menos podía perder estos malditos cinco kilos si las próximas cuatro, cinco, máximo seis semanas, me esforzaba un poco. En general iba a cambiar de vida, lo decidí esa noche. ¡De raíz! A la manera de Confucio: en vez de quejarte de la oscuridad, enciende una vela.

Me puse el pijama, me senté al escritorio, tomé una hoja grande de papel y escribí en ella *To do*. Después de todo, cuando estudiaba ya se me daba bien lo de hacer listas. Anotaba con exactitud cuándo iba a conseguir qué. Todo ello con el fin de que hubiera orden y pudiera ver mejor qué tenía que hacer.

Mordisqueé el bolígrafo y reflexioné. A lo lejos ululaba una sirena de policía.

«1: adelgazar», garabateé, y acto seguido lo taché. Eso era lo más difícil. Mejor empezar por algo más fácil. Comencé de nuevo.

1. Trabajo

¿Qué quería yo realmente? Hacer libros para niños. Exacto, contar historias con el lápiz de dibujo. Lo anoté, y también que en los próximos días llamaría a Volker Maier de la editorial Sandmann. Hacía año y medio me había encargado dibujar *Willi el Gusano conquista el mundo*. Un bonito libro. En su día incluso fue seleccionado para un concurso. Aunque luego el premio se lo dieron a otro. Curioso, por cierto, que no volviera a tener noticias de Maier. Pero, ¿por qué esperar siempre las llamadas? Me di cuenta de que era poco ofensiva.

Después añadí: «Trabajar duro para Helen».

Seguí pensando y miré por la ventana. En la casa de enfrente dormía todo el mundo. Lógico. Al fin y al cabo, eran las tres de la madrugada.

«¡Buscar un despacho!» Importantísimo: un despacho significaba separación clara de trabajo y ocio; alejamiento de la nevera y menos soledad. «Leer los anuncios breves en el boletín publicitario y los avisos de la puerta de los lavabos de Rosa's y darle la lata a Helen.» Ésa me parecía la manera más sensata de conseguir lo que buscaba.

2. Vida privada

Lo primero que se me ocurrió en este capítulo fue sobre todo «amor». Pero poner esto en la lista me pareció estúpido. Para empezar, ¿qué hacer? ¿Proponerme asistir a fiestas de corazones solitarios? «Eh, soy Vicky y es la primera vez que vengo, y tú ¿a qué te dedicas?» ¿Hurgar torpemente en la comida en cenas con cita a ciegas o hacer que unos psicópatas me mandaran a la pantalla quién sabe qué mentiras desde una sala de chats? No, gracias. Tan desesperada aún no estaba.

Bueno, en fin, tengo que admitir que ya un par de veces me había dejado arrastrar a contestar a un anuncio del tipo «príncipe busca princesa». Un desastre. Ni siquiera me contestaron. Hasta en el mercado de los anuncios de contactos, yo era, aparentemente, cualquier cosa menos el *top of the pops*.

Por eso en mi lista anoté sólo «tener más iniciativa con la gente». Pero, cómo hacerlo, tampoco lo sabía. Y «suscribir un plan de pensiones». Sin duda en eso me podría echar una mano mi padre, además, así le daría una alegría.

Bostecé y miré ansiosamente a mi cama, que podía ver a través de la puerta abierta del dormitorio y que ejercía sobre mí una atracción mágica. Sólo para echarme un ratito. ¡Demasiado peligroso! Quién sabe si mañana mismo mis bajos instintos no me iban a frenar e impedirme que hiciera precisamente lo más importante.

3. Adelgazar

¡Uf! Subrayé la línea con tinta fluorescente rosa y fui directamente a la cocina a hacerme un té.

En realidad me apetecía más café, pero, si lo tomaba, después no iba a poder pegar ojo.

Sonó una puerta en la casa. Probablemente un ser digno de compasión que tenía que ir a trabajar. Me recosté en la silla de mi escritorio, encendí el ordenador, pinché un buscador de Internet y escribí «dieta». Al fin y al cabo, algo de inspiración no me haría daño.

A decir verdad, me cayó encima un alud de inspiración: ¡18.248 resultados! ¡20 páginas! Podía comprarme polvos quemagrasas (de 20 marcos en adelante), CDs (*Adiestramiento mental para perder peso: imagínese usted delgado*) y kilómetros de libros (*Su yo delgado*, *Delgado en sueños*, *Ayuno curativo*, y así sucesivamente). En el Club de la Dieta Disociada de Munich aún quedaba alguna plaza libre, y los grupos locales de Weight Watchers de toda la República buscaban también más «vigilantes del peso».

Leí chistes de gordos (¿Qué es un fumador gordo? ¡Una apisonadora de vapor!) Sea como sea, lo que no pude averiguar es si el obtuso chiste iba contra los gordos (de autor flaco) o era de alguien que se reía de sí mismo (de autor gordo). La masa de pizza baja en calorías la dejé en la web sin hacerle caso y por fin aterricé en los «Consejos de la dieta de Lidia».

En un cibermensaje, una chica de dieciséis años le decía a Lidia que, con setenta kilos para 1,70 de estatura, se sentía demasiado gorda, pero que no podía aguantar ninguna dieta, cosa que a mí me sonaba muy familiar. Sin embargo, la respuesta de Lidia me sorprendió, porque primero empezaba por describirse muy minuciosamente a sí misma como mujer de ciento cuarenta kilos (1,65 de altura), «y, sin embargo, muy segura de sí misma», antes de recomendar moverse mucho, comer sano y acudir al médico de cabecera.

Los consejos no eran malos. Pero, combinados con la descripción de sí misma, dejaban algo que desear en cuanto a credibilidad. Sobre todo porque, en su página web, aún se sentía obligada a añadir que, en los últimos diecisiete meses, había «acumulado» treinta kilos más. Pero quizás entre gordas hermanas en el sufrimiento no había que mirar eso con tanta severidad.

Abandoné a Lidia y dediqué la atención a nuevos descubrimientos sobre dietas, por ejemplo, la dieta de la Edad de Piedra: mucha carne, pescado y comida cruda; nada de leche y nada de cereales. «Científicamente» se explicaba diciendo que, como se sabe, el estómago es más antiguo que la agricultura y, por lo tanto, debe alimentarse como corresponde. Tropecé con la dieta de los supermercados Aldi, un programa de veintiún días para el que todo lo necesario se podía comprar en Aldi: «Económico y bueno». Después venía la dieta del grupo sanguíneo. El mío era el 0 y podía comer coliflor, pero no brécol. ¿Perca? ¡Malísima!; a cambio, esturión o una pizca de diente de león.

¡Santo Dios! Usch tenía razón: la gente se deja tomar el pelo y encima paga.

Pero a mí eso no me importaba. Al diablo con el metabolismo basal. A la mierda el efecto yo-yo.

Nada de todo eso tenía que ver conmigo. Yo quería perder cinco kilos. Y punto.

Decidí seguir una combinación de treinta gramos de grasa y mil calorías. Nada de beber, nada de sopas mágicas, nada de siete días de cura de patatas. Con mil calorías al día me había librado a los diecisiete años de los molletes de bebé. Seguramente el estirón de varios centímetros que pegué también tuvo su parte en el éxito, una ayuda con la que —¡lástima!— ya no podía contar.

Lo anoté en mi lista y detrás añadí: «Quiero hacerlo».

Querer era muy importante. Si tenía que andar siempre diciéndome: «Esto y aquello no lo puedo comer», volvía a convertirme otra vez en la terca hija de mi madre. Por eso tampoco podía ser un régimen fijo. Hoy por la mañana esto, a mediodía eso y por la noche aquello: una cosa así no podría aguantarla. Eso me hacía inflexible. ¿No volver a un restaurante? ¿Ni a una fiesta? ¡Imposible! Por no hablar de la estúpida cocina: «Freír en una pizca de aceite de dieta 50 gramos de espaguetis cocidos y 100 gramos de filete de pavo…». La mirada de la carnicera cuando le pidiese «100 gramos de filete de pavo» era un trago por el que no estaba dispuesta a pasar.

Fijé la lista en la nevera con un adhesivo. Me quedé muy contenta. Tenía un plan y, al fin y al cabo, un buen plan era el primer paso.

5

Si una quiere, un Mágnum puede ser algo «tremendo»

Pero mi nueva vida no empezó hasta un poco después.

El turno de noche me había dejado tan exhausta que tuve que dormir hasta las tres de la tarde. Después me pareció que en realidad ya no valdría la pena vestirme siquiera. Al fin y al cabo, la tarde del jueves era casi fin de semana. Aunque para los que trabajaban por cuenta propia esto no importara nada, la idea me venía al pelo.

Seguí en pijama, me puse cómoda en la cama con una bandeja grande con té de yogui, un par de rebanadas de pan crujiente con miel y un plátano y seguí leyendo mi novela policíaca.

En el momento en que la médica forense examinaba el contenido del estómago de la víctima, sonó el teléfono.

—Sólo quería saber cómo estás —dijo Usch al otro lado de la línea—. En el colegio no fui capaz de concentrarme bien, porque no podía dejar de pensar en ti.

—¡Ay, Usch! ¿qué sería de mí sin ti? —dije, y le di las gracias por la noche anterior y por la bronca que me había echado cuando aún estábamos delante del bar.

Pero ella rechazó mi agradecimiento:

—Déjate de tonterías. Aquí me tienes para lo que quieras. ¿Crees tú que te voy a dejar tirada en la miseria sólo para llegar cuanto antes a la cama con mi chico? Además, Nils me esperó en casa. Así que no tienes que tener remordimientos.

—¿Y cómo va lo vuestro?

—Dos mensajes cortos de móvil desde esta mañana.

—Buen récord. Parece que poco a poco se va recuperando. Nada me gustaría más que te fuera bien con él. Pero si no es así, ya sabes: siempre estaré ahí para ti, a cualquier hora del día y de la noche. En caso de que algo falle, quiero decir.

A continuación le hablé a Usch de mis nuevos planes de vida.

—¡Humm, demasiado al mismo tiempo! —dijo—. ¿No te parece?

—Piensa a lo grande, Usch. Además, antes que nada tengo que forzarme a tomar las riendas de mi vida. Me paso el tiempo quejándome y no hago nada. Pero ahora mis propósitos son firmes y sólidos.

Si hasta que llamó Usch aún estaba contenta conmigo misma, después de hablar con ella me sentí, por decirlo suavemente, inquieta. Manifiestos y anunciados, mis propósitos habían adquirido un peso completamente distinto. De repente se habían convertido en compromisos. Tareas. ¡Cargas!

Tuve que confesarme a mí misma que sólo la lista había bastado para restablecer la paz en mi ánimo. Al menos al principio. Como en la Universidad, cuando me pasaba horas delante de la fotocopiadora, cosa que yo odiaba. Para después ir a casa con la sensación de haber realizado una gran hazaña. Pero que copiar debía ir seguido de leer y sobre todo de aprender, eso lo olvidaba alegremente.

¡Esta vez no! Dejé de lado el rollo del asesino en serie, me levanté y me puse bajo la ducha. Incluso alternando agua fría y caliente —a pesar de que odiaba el agua fría como la peste.

Para ponerme a llamar por teléfono ya era demasiado tarde. Llamar a las puertas era trabajo de mañana, y por eso seguro que no iba a dar muy buena impresión si empezaba a llamar a mis clientes potenciales al atardecer. Pero aún podía acercarme rápidamente a la librería de la esquina a comprar una tabla de calorías y un periódico para ver los anuncios breves. Y primero al Rosa's: a la puerta de los lavabos, a ver los anuncios de «se busca» y «se ofrece». Y a tomar rápidamente un café con leche.

Algo (¿el destino?) o alguien (¿el gran Manitú/el ángel de la guarda?) debió poner su mano sobre mí. Sólo para el proyecto «despacho» encontré dos anuncios. ¡La recompensa por superarse a una misma!

En la primera oferta, tres periodistas querían «compartir un despacho grande en una antigua fábrica primorosamente restaurada»; en la segunda, «comunidad de trabajo formada por fotógrafo y periodistas busca otra persona que encaje en el equipo.»

El piso en la antigua fábrica me atraía más que la comunidad de trabajo. El tonillo del anuncio sonaba demasiado a desayuno en familia, a «todos nos queremos», y a planificación matutina del día con todos sentados en un corrillo. Aun así, arranqué el número de teléfono de los dos anuncios. Siempre es mejor que haya varias opciones.

Me senté a la única mesa libre y cogí un montón de periódicos del alféizar de la ventana, donde seguramente los había dejado uno de los últimos parroquianos. Y a la izquierda, bajo el pecho desnudo de un hércules con unos músculos en el estómago sobre los que se hubiera podido hacer saltar una moneda de cinco marcos, brillaba en grandes letras de color rojo magenta: «Con tabla de grasas».

Y hasta era verdad que aún estaba allí. Sí que queda gente honrada en este mundo. Disimuladamente la separé de la revista por la línea precortada y la hice desaparecer en el bolsillo de mi pantalón.

No obstante, la lectura en casa no fue precisamente un placer. Los últimos meses había hecho muchas cosas mal; era verdad, ¡maldita sea! Sólo mi desayuno francés era un montón de grasa. Yo sabía, claro está, que los cruasanes no ocuparían el primer lugar en un régimen para enfermos del hígado, pero ¿veinte gramos de grasa en una sola de esas cosas? Con eso no contaba yo —o sencillamente no había querido saber nada—. Eso significaba que sólo con el desayuno ya tomaba diez gramos de grasa más de lo permitido si quería adelgazar.

¡A cambiar! ¿Panecillos? Recorrí con el dedo de abajo a arriba la columna «Pan, dulces, bollería». Un gramo. Bien. En lo sucesivo, en vez de las bombas de grasa habría panecillos. 124 calorías por unidad; dos, 248, un poco de mantequilla en una mitad, mermelada en la otra. Eso son, redondeando, 400 calorías y cuatro gramos de grasa.

El queso, la carne y los embutidos los tacharía de momento. ¡Demasiada grasa! El pollo era mejor. A ser posible, pechuga o medio pollo, siempre que no se comiera la piel. Es verdad que era lo más exquisito, pero «exquisiteces» ya había tomado bastantes.

¿Pescado? Bien. Menos anguila. De todas maneras, no me gustaba. En contra de lo que esperaba, la tarta no era tan terrible. Con una ración de tarta de manzana de 120 gramos, sólo metería en el estómago 198 calorías y siete gramos de grasa. ¿Pero cuánto era 120 gramos de tarta de manzana? Me podía permitir hasta chocolate si no había más remedio: un Lila Pause con leche sólo tenía 183 calorías y once gramos de grasa.

Esta tabla de calorías me tenía por lo menos tan prendida como la novela del asesino en serie, y hasta me tranquilizó un poco: no era tan difícil vivir, e incluso vivir bien, con un límite de «1000 calorías y 30 gramos de grasa». «Permitiéndose una algo.» Con moderación, claro. Siempre que se supiera qué había dentro de qué.

—¿Hoy no quiere cruasanes? —Cuando, a la mañana siguiente, pedí el desayuno, Rita, una de las camareras de Rosa's, me miró con un gesto de cierta incredulidad.

—Por favor, una minibaguette, si puede ser.

Esto era lo que pasaba cuando siempre se comía lo mismo.

Me froté el estómago y traté de poner cara de sufrimiento.

—Las cosas con grasa no me sientan bien en estos momentos.

—¿Algo malo? —preguntó la camarera compasiva.

—No, que yo sepa, sólo..., ardor de estómago. Sí, ahora las cosas grasas enseguida me producen ardor. La carne, los cruasanes y cosas así.

Una mentira, pequeña pero muy inocente. Al fin y al cabo, no hacía falta que todos supieran que quería adelgazar. En las mujeres delgadas esto se veía como una loable disciplina, o, en el peor de los casos, enfermedad. Un hombre incluso podría escribir un libro sin que le cayera encima un chaparrón de bromas pesadas —siempre que se tratara de un famoso.

Pero de alguien como yo Rita seguramente pensaría «¡Ya era hora!». Y ésta era la clase de conclusión que yo no quería provocar.

Peor aún si todos los que la rodean a una saben que quieres adelgazar y luego no lo consigues. ¡Qué horror! Mi plan era más bien sorprender al mundo sin despertar expectativas.

Por delante de la ventana trotaban en ese momento dos chicas con pantalones de deporte y camiseta. La cola de caballo con que iban peinadas se balanceaba graciosamente siguiendo el compás. ¿No debería empezar yo a hacer deporte? ¿Correr quizás?

Mejor no. Correr era uno de los grandes traumas de mi vida. Desde el quinto curso hasta el séptimo, desde la primavera hasta los últimos días templados de agosto, estuve condenada en el *sprint* de 100 metros a competir con Annegret en la pista de ceniza. Annegret tenía una pierna demasiado corta y cojeaba pero, aun así, siempre corría más que yo.

Para este día me había impuesto un programa muy rígido y, por eso, inmediatamente después de leer las páginas de cultura, regresé a casa. Para llamar a Volker Maier.

—Está en un coloquio —dijo una voz de mujer desde el otro extremo de la línea—. ¿Quiere que le dé algún recado?

—Sí, que a Vicky Wildmüller le gustaría hablar con él, y que si puede llamarme cuando tenga tiempo. —Por precaución, hice anotar mi número de teléfono.

Ahora que ya estaba llamando a mis contactos, también podía llamar a Etienne, de la agencia de publicidad. Realmente, al coche de chocolate ya casi no le faltaba nada: unos trazos por aquí y algo de color por allá. Nada importante.

Etienne quedó entusiasmado cuando le anuncié el dibujo para primera hora de la tarde del día siguiente.

—Dime, ¿podrías encargarte de algo más? —preguntó—. Pero tiene que ser rápido, el martes a primera hora como muy tarde.

—Hoy ya sólo queda medio día. Sábado... domingo... lunes... No hay mucho tiempo. ¿De qué se trata?

—Braguitas pañal. El cliente es agobiante, acaba de echar abajo el tercer esbozo, y Holger, que era quien hasta ahora se ocupaba de esto, está en la cama con una gripe vírica grave. Vicky, sálvame. Niños, algo gracioso, esto es justo lo que te va a ti.

Decidí tomarlo como un cumplido.

—¿Qué te parecerían unos perritos dando saltos o echados boca arriba? —Valía la pena intentarlo, aún tenía por ahí los bocetos de los perros de chocolate, que podía utilizar sin problemas, si Etienne mordía el anzuelo.

—Magnífico, lo más importante es que sea rollizo y simpático, para bebés sonrientes y felices.

—Bien, eso te lo podría hacer de aquí al martes por la mañana. —Después le conté la trola de que tendría que trabajar durante el fin de semana y que, naturalmente, a cambio contaba con que me pagaran bien.

—Te daré tu peso en oro —prometió Etienne.

A veces era un poquito ambiguo, francamente. Pero, ¡qué más daba! Tenía un nuevo encargo para el que casi no había que hacer nada, y un cliente que quedaría en deuda conmigo.

Once menos veinte, mediodía; lo de Volker Maier aún podía esperar un poco. Pero no quería marcharme de casa. A lo mejor llamaba precisamente cuando yo no estuviera.

Pensé si no debería comprar en el supermercado por Internet y hacerme llevar las cosas a casa, pero enseguida deseché la idea; al fin y al cabo, tenía que leer y estudiar los nutrientes en los envases.

Me acordé de la nota con los números de teléfono de los despachos que llevaba en el bolsillo del pantalón. Quién sabe, a lo mejor seguían buscando a alguien.

Fracaso con el anuncio del apartamento en la antigua fábrica. Ya estaba alquilado.

Me consolé pensando que, de todas maneras, ese *loft* estaba demasiado lejos y los 850 marcos que costaba también desbordaban con mucho mis posibilidades económicas. Aun así, por lo menos me hubiera gustado verlo. ¡Lástima!

Sorprendentemente, la comunidad de trabajo aún sonaba muy interesante: a unos 700 metros de mi casa en línea recta y sólo 450 marcos de alquiler. Fijamos una cita para el lunes.

Me senté a mi mesa de escritorio y terminé el coche de chocolate para Etienne. Escanear, e-mail a la agencia, y fin. ¡Hambre! Pero en la nevera ya no quedaba nada. Tenía que hacer la compra cuanto antes. Ya eran las cuatro. A Maier quería concederle aún dos horas.

Escogí un plátano, un kiwi y una manzana ya un poco arrugada, los corté en trocitos, los espolvoreé con canela y endulcé la mezcla con un poco de sacarina líquida. El tapón del frasco estaba ya tan pegado que tuve que cortar la punta para poder sacar algo.

Mientras comía mi macedonia de restos de fruta, escribí un e-mail a Bina tratando de no salpicar el teclado.

... Usch cree que no me debería agobiar tanto con lo de adelgazar. Pero a mí me parece que sí tengo que imponerme esa presión. Quiero conseguirlo. ¡Cinco kilos! Tan difícil no puede ser.

Puede que llegue tan lejos, que esto sea un paso previo al ascetismo y la disciplina férrea: «El placer de decir no como principio vital» o algo así. Y a mí me gustaría decir con la más profunda y sincera convicción: «Oh, no, un Mágnum de chocolate a la naranja es demasiado para mí, de verdad». Regina lo dijo una vez, cuando ella, Usch, una compañera de estudios de Usch y yo nos confesamos las unas a las otras cuáles eran nuestros peores antojos. Ya sabes: comerse todo un frasco de feta en aceite de oliva, echar la nata montada directamente del envase a la boca, comer la masa de la tarta o cerezas en aguardiente con leche de coco (la compañera de estudios de Usch, ¡qué fuerte!, a mí me daría hasta náuseas) y así sucesivamente. Y cuando yo dije «300 gramos de Milka & galleta» y «Mágnum de chocolate a la naranja», fue cuando Regina soltó ese «tremendo». Las únicas perversiones que ella pudo aportar, por cierto, fueron salsifíes en conserva y Caretta. *Casi nos caemos de la silla de la risa que nos dio. Emplear el adjetivo «tremendo» en relación con la comida me resultaba entonces extrañísimo, aunque sonase bien: con esa elegante fragilidad un poco a lo* Dama de las

Camelias. *Ya sabes, ésa que siempre estaba pálida y con sus tosecillas en el pañuelo.*

Pero voy a intentar inculcármelo. Deséame suerte y da señales de vida de vez en cuando. Ya hace días que no sabemos nada de ti. ¿Tan agotada estás? ¡Ojalá que no!

Un abrazo

Vicky

El teléfono sonó justo cuando yo me sentaba en la taza del wáter. Me levanté de un salto y corrí hacia el aparato con toda la rapidez que me permitían los pantalones bajados.

—Wildmüller —jadeé al auricular.

—Hola, Vicky, soy Volker Maier. ¿De dónde la he sacado?

¡Victoria, victoria, victoria!

—Venía de la terraza, de espantar a las palomas. Esos bichejos lo dejan todo pringado. Me alegro de que me llame —dije—. ¿Cómo está usted?

—Con mucho que hacer, como siempre. Ya lo sabe. ¿Y a usted cómo le va? ¿Qué está haciendo ahora?

Le hablé de los encargos para la agencia de publicidad y para *Style & Fun*:

—Entre una cosa y otra, no me puedo quejar, francamente —dije yo entonces—, pero me apetecería mucho un proyecto más ambicioso. Por eso le he llamado.

—Bueno —hizo una pequeña pausa. Aunque duró lo suficiente para que mis ilusiones tocaran fondo—. Estamos negociando con una autora que nos ha ofrecido un material muy interesante, pero de momento aún no le puedo contar mucho. Quizás a principios de la semana que viene esté en condiciones de decirle algo más, si todo va bien. Pero entonces... —Otra pequeña pausa—. Sí que me puedo imaginar una colaboración con usted, antes o después, eso desde luego. Déjeme un poco más de tiempo, la volveré a llamar. ¡Ah! y, en cuanto a las palomas: en mi casa lo único que nos ha dado resultado ha sido una red muy fina por encima de la terraza. Desde luego, no tiene muy buen aspecto, pero por lo menos así se acaban los problemas con las cacas.

Uvas, dos plátanos, cinco manzanas Granny Smith verdes y duras como piedras (seguramente llenas de veneno, pero tan deliciosamente agrias). Una piña, que no sabía cómo cortar. Pero por lo visto la piña tenía montones de enzimas grasicidas y las de conserva siempre llevaban azúcar. Zanahorias y una redecilla con pimientos rojos, verdes y amarillos, copos de avena y un *brik* de leche con sólo un 0,3 por ciento de grasa. Menos, imposible, en serio. Un paquete de rebanadas de pan crujiente, yogur descremado, mermelada de dieta y requesón sin nata, que en lo sucesivo iba a usar para untar el pan en vez de mantequilla.

Maniobré con mi carro de la compra por los estrechos pasillos hacia los platos preparados, en busca de unas tarrinas de las de calentar en cinco minutos, sopas de sobre y conservas de una ración. Pasé por lo menos media hora agachada delante de la estantería buscando los platos con menos grasa y menos calorías. Cuando por fin me había abierto paso hasta las lentejas estofadas, los espaguetis con salsa de tomate, la pasta con brécol y la crema de puerros, las rodillas me dolían tanto que casi no me podía poner de pie. ¿Por qué pondrán estas cosas abajo del todo?

Pasé con los ojos cerrados delante de los dulces, traté de ignorar el olor de la carne asada de la barra de comida caliente y en la caja fijé los ojos en la distancia para que las tabletas de chocolate que estaban en las cestas junto a los cigarrillos no entraran en mi campo visual. A cambio me premié con un panecillo recién salido del horno que compré en la panadería de la salida. Camino de casa me lo comí tan despacio como pude: cortar un trocito, el resto al bolsillo del pantalón. Fuera, un trocito, adentro, masticar, fuera, un trocito, adentro, masticar, hasta que se acabó.

Después, para cenar, arroz con verduras. Mientras sacaba del armario la balanza de cocina, hice un cálculo aproximado de lo que ya había comido ese día. Desayuno: 400 calorías y casi ninguna grasa, primer tentempié de la mañana:100 el plátano, 55 la manzana, 55 el kiwi, grasa nada, ah sí, y el panecillo, 124, un gramo. Así pues, para la cena quedaban 300 calorías escasas. Los 50 gramos de arroz que me pesé me deprimieron más de lo que esperaba, por su escasez, pero alegré los granos con trozos de pimiento y zanahoria y lo cocí todo en caldo de verduras. El frasco lo había encontrado en el último rincón de atrás de mi despensa. El polvo parecía ya un poco apelmazado, es cierto, pero aún se dejaba usar.

Hasta no sabía mal y estaba garantizado que no había más de 300 calorías. En cualquier caso, la idea de que las próximas semanas no iban a ser gastronómicamente mucho más placenteras la aparté al último rincón de mi cerebro. ¿Qué le había escrito yo a Bina? ¿El placer de la renuncia? Ése era precisamente el lema: el placer de decir no. Disciplina férrea. Vicky, la mujer de acero.

6

Un mundo nuevo

Lo aguanté durante todo el fin de semana. Dije «no» a Gerald cuando, en la pausa después del primer acto, me ofreció champán y palitos de queso, y no cogí ni un solo osito de goma de la bolsa que Hans, el amigo de Gerald, me puso delante de las narices.

Hacía dos años que íbamos juntos al teatro con regularidad: «Un acto contra la idiotización de la tele, el vídeo y el andar por ahí holgazaneando de un lado a otro», dije yo entonces, cuando nos compramos el primer abono. Pero esto iba más bien por mí, porque, aunque no me consideraba precisamente *Forrest Gump*, en comparación con Gerald y Hans, yo vivía casi en la era Neandertal.

En el caso de Gerald no me extrañaba demasiado. Al fin y al cabo, se ganaba la vida en el negocio del arte, y aunque sólo fuera por eso tenía que estar bastante al día en lo clásico y en lo moderno. Sin embargo, Hans me dejó bastante asombrada.

¿Quién espera de un especialista en ortopedia que lea a Homero en versión original, diseccione a Wittgenstein en fragmentos comprensibles y pueda hablar sobre más o menos el ochenta por ciento de la literatura contemporánea?

Mientras ellos comían en el bar salchichas al curry y patatas fritas y yo esperaba en vano a que apareciera el «placer de la renuncia», hablábamos de la obra, espantosamente mala, sobre un psiquiatra chiflado que mutilaba a sus pacientes de una manera vomitiva. La autora se había suicidado hacía poco, y si de verdad hay algo de cierto en la tesis de que la obra refleja el alma del artista, pues no me extrañaba mucho.

—¡Santo Dios! —dijo Hans—, los setenta ya hace tiempo que han pasado. Pero algunos directores siguen pensando que son vanguardistas si mueven a los actores desnudos por el escenario y montan escenas de polvos con detalles repulsivos.

—Dale las gracias a Zadek —contestó Gerald rebañando algo de salsa de curry con un trozo de pan blanco. Gerald odiaba a Zadek.

Me concedí la patata frita que Hans dejó en su platito de cartón.

—Es curioso, las escenas de sexo en el cine siempre parecen más sutiles y naturales, pero en el teatro enseguida adquieren esa afectación: violencia impostada, ternura impostada, cachondez impostada y, por regla general, penosas cien por cien —dije yo.

—Es verdad —asintió Gerald—, por eso «menos» a veces sería «más». Pero no se detienen ante nada. Por ejemplo, hace unos años tuve que ver a Hamlet follando. ¡Qué absurdo! No sirve más que para distraer de lo esencial. Una puesta en escena completamente clásica de una obra clásica, eso es lo que a mí me hubiera excitado. ¿A quién le excita un culo desnudo en el escenario?

—A mi reprimido hermano, por citar sólo a uno —dijo Hans agarrando a Gerald por el indudablemente excitante trasero.

Nos reímos y los chicos pidieron aún dos cervezas más.

Después me llevaron a casa. Ellos se fueron a la suya y allí dieron rienda suelta a sus bajos instintos —o lo que fuera—. Y yo me sentí sola. Ni siquiera el balance positivo del día en el recuento de calorías me servía de nada.

El lunes por la mañana me presenté delante de la casa en la que estaba —ojalá— mi futuro despacho. Un edificio interior de color blanco sucio con adoquines combados delante, sólo a dos manzanas de Rosa's. En la casa que daba a la calle había una tienda de muebles en cuyo escaparate ya me había quedado muchas veces con la nariz pegada para contemplar uno de mis sueños: un gigantesco sofá de cuero de color caramelo como para caer arrebujada en él, con un reposapiés a juego en el que seis personas podrían jugar a hundir barcos sin ningún problema de espacio. Desgraciadamente, costaba 6.000 marcos, y para una sala de estar de catorce metros cuadrados también era un poco excesivo.

Me coloqué el pelo con los dedos y repasé de nuevo mi apariencia. Ya en casa había dedicado una eternidad al asunto de los trapos. No quería parecer ni emperejilada ni una novia *grunge*. Me decidí por pantalones, camisa, y jersey a la cintura, todo en tonos azul *business* al estilo de Hamburgo y, para celebrar el día, zapatos altos. Para terminar, un pintalabios, que al final acabé por quitarme: demasiado rojo.

Respiré profundamente y llamé al timbre.

—En el quinto —sonó el portero automático.

¡Mira qué bien! Tenía que trepar al último piso, y hasta con espectadores, porque arriba, apoyada en la barandilla, había una rubia que se parecía a la Farrah Fawcett de *Los ángeles de Charlie*, una de las series favoritas de mi primera adolescencia. Dos filas de dientes de un blanco reluciente, sonrisa de estrella de cine y la cara enmarcada en una sedosa melena rubia.

—Seguro que tú eres Vicky; yo soy Marie, y los demás ya están esperando.

Asentí e intenté componer un aspecto un poco digno y limpiarme el sudor de la cara sin llamar la atención. Las escaleras —añadidas a mis tacones— me habían dejado completamente hecha polvo.

—Lo mismo me pasaba a mí al principio —dijo Farrah-Marie—, pero te acostumbras. Además, —añadió dándose con los nudillos en sus muslos llamativamente flacos— es ejercicio gratuito.

¿Sería eso una alusión? La miré. No, su sonrisa era demasiado franca y simpática para eso.

Recorrimos el pasillo, más o menos igual de ancho que mi sala de estar, pasamos por delante de un tablero de tenis de mesa —«para soltar vapor»— y llegamos por fin a una sala grande y bien iluminada.

Del centro del techo colgaban de unos hilos al menos una docena de peces de papel y las paredes estaban cubiertas de cuadros de colores chillones, como si unos cuantos niños se hubieran corrido una gran juerga pintando. En los rincones y en los alféizares de las ventanas, grandes cantidades de plantas y, por último, una larga mesa de color castaño oscuro, cuya madera, de muchos años, brillaba como si estuviera lustrada. A la mesa se sentaba una mujer de pelo castaño cortado como si fuera césped, gafas rectangulares estrechas y una boca de labios gruesos pintados de rojo chillón, mientras un hombre con el pelo revuelto y barba de unos días, vestido con pantalones y chaqueta vaquera, cogía de un estante tazas y platos.

—Bueno, éste es nuestro epicentro: silla de reclinatorio, cocina, diván de psicoanalista y sala de partos de ideas —dijo Marie—. Aquí se reúne quien tiene ganas y tiempo…

—Es decir, todos —intervino el hombre.

—… todos los días a las cuatro, para charlar —terminó ella la frase.

—¡Y para comer! —rugió la del pelo castaño, que se presentó como Heidrun: Periodista.

El hombre se llamaba Thomas, («escritor por cuenta propia, especializado en ciencia y automóviles»), Marie traducía libros franceses e italianos y ninguno de los tres era mucho mayor que yo, a lo sumo andaban por la mitad de la treintena.

—Ah, y luego falta Michael —dijo Thomas—. Seguro que no tarda; tenía alguna cita importante.

Alguien había hecho café, y Heidrun lo sirvió en las tazas. Después sacó un bombón de una caja que estaba junto a un cuenco lleno de golosinas.

—El azúcar es muy importante cuando se hace un trabajo intelectualmente duro —dijo haciendo crujir entre los dientes una lámina finísima de chocolate, antes de hundir la lengua en el relleno blanco.

—No sé cómo no te sienta mal —dijo Marie con una seriedad fingida—, es el quinto que tomas desde hoy a mediodía.

—¿Quieres dejar de amargarme? —dijo Heidrun riéndose, se metió en la boca de una sola vez el resto del bombón y después se lamió uno a uno los dedos pringados de chocolate. ¡Fantástico!

—Mujeres tenían que ser —gruñó Thomas—. Tanto hablar de calorías para después llenarse la panza hasta reventar. Por lo demás, las dos son muy tratables.

Eso me pareció a mí también. Hablamos de nuestros respectivos trabajos, de la pesadez de la declaración de la renta de cada año, para la que yo podía recomendar un asesor excelente y asequible, y de la comida en un restaurante coreano a dos calles de allí, en el que por doce marcos se podían comer unas raciones enormes.

—¿A ti te gusta la comida coreana? —preguntó Marie.

—A mí me gusta todo.

—¡Bienvenida al club!

Casi tuve la impresión de haber caído en una gran comunidad de vivienda simpática y divertida. Gente muy cabal, ni del partido de los jerseys de lana ni de la fracción Gucci/Prada. Seguramente se estaría a gusto con ellos.

—Tu despacho, por cierto, sería algo más pequeño que los demás —dijo Heidrun cuando recorríamos la casa—. Por eso el alquiler es también tan barato.

Eché un vistazo a mi alrededor. Desde luego, no era un salón de baile, pero sí tenía buena luz y sitio suficiente para mi escritorio, el ordenador y un armario alto.

—Sí, creo que me puede servir. Lo más importante es que haya bastante luz —dije yo.

—Toda la que quieras, da al Sur.

De nuevo en la cocina, nos miramos esperanzadas.

—Bien —dije yo.

—Bien —dijo Heidrun.

—¿Y a ti qué te parece? —me preguntó Thomas.

—A mí me parece estupendo, puedo imaginármelo muy bien.

Thomas miró a Heidrun. Asintió. Entendimiento. Mientras recorría conmigo las demás habitaciones, seguro que los otros dos decidieron ya rápidamente que yo era apta para ingresar.

—Entonces, ya está arreglado —dijo Marie.

—¿Quién lo arregla aquí todo y por qué? —oí decir a una voz grave detrás de mí.

Di la vuelta y me quedé mirando dos espléndidos ojos verdes. La cara enjuta con profundas arrugas a un lado y otro de la boca. Bronceado, pero de ese tono que sin duda no es de solarium. Una frente ancha bajo los mechones rubio ceniza. ¡La sonrisa! Le conocía de alguna parte. Eso es: iba a menudo a Rosa's. La primera vez me llamó la atención su risa. Cálida y abierta. Como terciopelo tupido de color burdeos. Recuerdo que miré por encima de mi periódico y vi al de la risa de terciopelo sentado frente a mí. Uno de esos hombres que te dejan un poco inquieta sólo con que pasen por delante de tu mesa.

—¡Hola! Soy Michael, el que faltaba de la manada, más o menos, y, evidentemente, ya sin voto, por si hubiera tenido algo en contra. —Sacó una cajetilla de tabaco del bolsillo del pecho de su camisa caqui.

—Vicky —dije yo, y luego saltó de mi boca el: «Ya nos hemos visto alguna vez».

Michael se quedó parado.

—¿Nosotros? ¿Cuándo? Lo siento, pero no caigo.

¡Tierra, ábrete! ¡Trágate a tu indigna y estúpida hija!

Él no me recordaba. ¿Y por qué iba a hacerlo? Al fin y al cabo, era sólo yo. ¿Cómo iba a salir de este atolladero sin caerme de culo? Carraspeé.

—En Rosa's, parece que somos clientes asiduos del mismo café. O parece que tú vas bastante por mi café habitual, si lo prefieres así. —Me reí, me parece que de una manera bastante estúpida, y traté de sacudirme el asunto de encima.

—Sí, de vez en cuando voy a Rosa's. A lo mejor tendría que fijarme más en lo que me rodea. Si no, uno se pierde cosas… —Se rió.

¿No había hecho el ridículo más estrepitoso? ¿Había parecido algo cordial, espontáneo, un acto de sociabilidad sin más? Decidí creerlo así. Al fin y al cabo, a esta gente iba a volver a verla, casi a diario. A Michael también. El corazón me daba brincos.

—¿Y tú eres la nueva de ahora? —preguntó Michael.

—Eso creo —dije yo.

Acordamos que me trasladaría una semana más tarde, el 1 de abril, y que Thomas y Michael (!!) me ayudarían a llevar mis cosas al despacho.

Porque el de la voz de terciopelo tenía una furgoneta.

—Te felicito —dijo Helen cuando le hablé de mi próximo traslado.

Me había llamado por la mañana para decirme que mi contrato estaba preparado, que podía recogerlo en la redacción y que ella aprovecharía la ocasión para presentarme al equipo.

La mesa de despacho de Helen estaba cubierta de manuscritos. Varios montones, algunos borradores sueltos, en medio dos ceniceros llenos a rebosar, una bola de nieve gigantesca con el *skyline* de Nueva York, un envase de crema de Helena Rubinstein y un consolador. De color rosa, arrugado, bastante plástico.

—¡Ahora se pueden dejar estas cosas por ahí así como así...! —dije señalando con una sonrisa sarcástica el ostentoso utensilio.

—Puedes mirarlo, Vicky. Pero como no todo es lo que parece, esta lujosa pieza no es lo que tú supones, con razón, hay que admitirlo; sino un vulgar bolígrafo. —Cogió el consolador y pintó unas nubecillas en la carpeta de su escritorio.

—Muy vistoso. ¿Y dónde se puede comprar algo así? —Me pareció que podía ser un buen regalo para Bina. A ella le gustaban esas cosas.

—Ni idea. Fue un regalo de Navidad de mis chicas de aquí. ¡Maldita sea!, ¿dónde está ahora el chisme ese? —Helen siguió hurgando en busca de mi contrato, hasta que lo pescó entre un montón de papeles sujetos con un clip—. Quién lo diría...

—No sé cómo puedes encontrar nada en medio de este caos... —dije meneando la cabeza.

—Eso les llama la atención a todos. Pero yo lo necesito. Un escritorio desnudo tiene un aire de poca creatividad. Además, detesto ordenar. Cosa que, por otra parte, ya no se puede aplazar mucho. Mañana paso la aspiradora. —Suspirando, dio una calada a su cigarrillo.

—¿Y lo del ayuno?

—Huumm —gruñó Helen—. Maldita la gana que tengo de ir. Por otro lado, es una semana de vacaciones con mi marido, sin trabajo, sin teléfono, sólo leer y pasear un poco, sin compañeros, sin jefe...

—Nada que comer —dije yo.

—Gracias, eso es precisamente lo que yo quería describir, adornándolo —replicó Helen—. Dime, ¿cómo andas de tiempo?

—Aún me queda algo libre, si es eso lo que quieres saber.

Eso era. Helen me tendió un manuscrito por encima de la mesa.

—Queremos sacar cuanto antes este test en la revista: «¿Cuál es la carrera que mejor le va a usted?». Por especial deseo de nuestro jefe. —Al decir «jefe» resopló como un gato montés—. Y, como todo cuanto quiere se le da, ahora te pregunto a ti si podrías tener listas las ilustraciones para la semana que viene, como muy tarde.

Asentí.

—Bien, estupendo. Ahora te llevo a donde Verena, que es la diseñadora, que se encargará de eso y será la persona con quien tendrás que hablar.

Después de que Helen, con sus delicadas sandalias de tiritas, me hubo acompañado a ver a sus colaboradoras y, por último, a la salida, salté a la bicicleta, pedaleé hacia casa y me puse a trabajar.

De noche me di cuenta de que casi no había pensado en la comida durante todo el día y que desde el desayuno tampoco había tomado nada. Muy bien, 600 calorías que aprovechar.

Pedaleé al asador de pollos que hay unas calles más allá de mi casa. Sin piel, con una rebanada de pan, aproximadamente 500 calorías por cada mitad. Y la Coca-Cola *light* para acompañar. Nada, prácticamente.

Roí mi pollo hasta que los huesos quedaron limpios en el plato, sin rastro de carne. Era la primera vez desde hacía casi una semana que me sentía realmente saciada. Casi harta. ¡Qué gusto! Sin remordimientos de conciencia. Por fin me lo había merecido.

7

¿Sería usted tan amable de enamorarse de mí?

A la mañana siguiente, primero a la báscula; después, la bofetada: unos míseros 500 gramos. Desde el banquete con Helen de hacía una semana, sólo comida ligera. ¡Y ahora esto! ¿Será que ya no se adelgaza tan de prisa cuando se tienen casi treinta años?

Pero comer aún menos era imposible. Seguramente ya era demasiado tarde para que cualquier cosa funcionara conmigo y los experimentos con dietas habían destrozado para siempre mi metabolismo. En unas vacaciones que Usch y yo habíamos hecho juntas en Turquía hacía dos años comimos más o menos lo mismo. Pero, al contrario que Usch, al regresar yo pesaba dos kilos más. Eso hablaba por sí solo.

Paciencia. Sencillamente tenía que tener algo más de paciencia. Y, sobre todo, no ceder. Aun así, había llegado un nuevo día. No tenía ganas de nada. Anduve callejeando por el barrio. Lloviznaba, y la gente andaba como se anda cuando llueve: con la cabeza baja, los hombros levantados y esa mirada en que las pupilas casi lindan con las cejas.

Hubiera querido estar fuera de aquí, en una playa, como en las de Bali, o en un rincón tranquilo de Gran Canaria. ¡Qué más daba! Sólo un sol que al atardecer se precipite teatralmente en el mar. Calor. Silencio. Sentada al borde del agua, en bikini o sin nada puesto, jugando con los dedos de los pies en la arena mojada y leyendo. O sencillamente mirando las olas, que reverberan tanto que sin gafas de sol apenas se puede soportar.

Eso era justo lo que debía haber hecho, porque, curiosamente, en vacaciones me daba igual qué aspecto tenía. Me sentía reconciliada conmigo misma, y que otra gente viera mis michelines, en cierto modo también me importaba menos. En otro sitio yo podía ser más yo. No tenía que frenar nada, que controlar nada: dormía todo el tiempo que quería y comía cuando tenía hambre y, aun así, adelgazaba. Tal vez la dicha bastaba para saciarme.

Puras paparruchas. ¡Sueños! Pero si no podía ir de vacaciones. Aun sin esas escapadas, mi margen de disponibilidad de dinero estaba ya tan agotado, que el que se encargaba de mi cuenta en el banco hubiera tenido que extender una alfombra roja cada vez que yo entraba. Al fin y al cabo, pagaba 13,75 por ciento de intereses por descubierto. Mi nuevo despacho, y luego Helen, que se mosquearía y con razón, si yo desapareciera de un día para el otro.

Así que, a quedarse aquí. No tirar la toalla. No perder la pelota. Jugar bajo y ganar por todo lo alto.

Cerrar los ojos y seguir adelante. Me recité a mí misma todos los lemas de resistencia y confié en que dieran resultado.

Me concedí un gigantesco ramo de tulipanes, cincuenta por 27 marcos. Un alud de verde y rojo. Algo de color para mí. Por lo menos un poco. Pero no era bastante. De dibujar no tenía ninguna gana. No se me ocurría nada, y darle vueltas a la cabeza tampoco quería. Entonces, a embalar. Retirar todas las carpetas, los archivadores, los lápices que no necesitaba ahora. Al fin y al cabo, Thomas y Michael vendrían el lunes a recoger mis cosas.

Michael... ¿Y si por casualidad le encontraba antes en Rosa's? Al menos ésta no sería una casualidad desagradable.

Desgraciadamente no le encontré, a pesar de que todas las mañanas me quedaba sentada delante de mi café con leche un poco más tiempo del habitual.

Nada que me levantara el ánimo. Andaba como el que en Año Viejo hace balance de todo lo que no ha hecho. Aunque, en realidad, tendría que estar por lo menos contenta: un encargo importante, un despacho nuevo, gente simpática. Quizás era que a mí nunca me habían gustado las fases intermedias. Ni fuera, ni aquí; en ninguna parte a gusto. Además, el estómago rugía protestando de hambre y el nudo creativo se resistía con todas sus fuerzas a desatarse. Y yo quería impresionar a Helen en mi debut con unos diseños buenos. La editorial Sandmann no llamaba y encima me iba a venir la regla. Me sentía hinchada y los pechos me dolían. Mujeres: el sexo atormentado, siempre nos tocan las peores cartas.

¡Chocolate!

¡Nada de chocolate!

Por suerte Usch me sacó de mi pozo entre las cajas, el test sobre las carreras y la nevera.

—Mi hermana va a pasar el fin de semana aquí y hemos pensado ir a bailar, ¿te apetece? —oí que preguntaba su voz al otro extremo de la línea.

—¡Por supuesto! —Hacía una eternidad que yo no iba a una discoteca. Además, bailando se podía quemar alguna grasa, ahora lo veía todo pensando en el metabolismo.

Pero, ¿qué me iba a poner? Revolví mis cosas y lo que en ese momento me hacía sentirme a gusto y protegida me parecía demasiado abrigado. ¿A quién le apetece ir a la discoteca con jerseys de punto de la talla XL? Por suerte acababa de lavar mi blusa negra de Otto Kern. Me hacía parecer algo más delgada, no era demasiado abrigada, se podían subir las mangas y tapaba el trasero.

—¡Eh!, ¿qué te parece ése? —me gritó Usch al oído en medio del atronador ruido de la música del local, mientras movía la cabeza en dirección a un hombre que también a mí me había llamado la atención: de estatura media, pelo negro corto, bien constituido. Más que musculoso, de carnes firmes.

—¡Podría ser tu tipo! —dijo Usch pellizcándome en un costado.

—¡Humm, no está mal! —grité.

—Entonces, lánzate. Hoy es la gran noche. —Usch había bebido ya tres o cuatro cavas italianos y tenía la marcha que era de esperar—. Necesitas otro hombre. —Se abrió paso bailoteando entre la convulsa multitud, fue hacia el tío y me arrastró detrás de ella.

Conseguí sonreírle una, dos veces, pero después enseguida miré hacia otro lado. Quizás no quería que le sonrieran. O, lo que hubiera sido aún peor, no que lo hiciera yo. Cualquier cosa menos la técnica de flirteo ideal. Pero de momento difícilmente me podía imaginar que un hombre me pudiera encontrar tan atractiva como para morder el anzuelo sólo por mi aspecto.

¡Qué más daba! No tenía ninguna gana de pensar en eso. Había demasiado ruido para pensar, demasiada gente, música demasiado buena. Todo el local temblaba y Usch me rodeaba por detrás con sus brazos. *Move your funky butt, babe!*

Cerré los ojos y me dejé hundir en la sensación de que el cuerpo se movía por sí solo. Como cuando se está en el agua tendido de espaldas. Sólo que más agotador: de mi pelo caían gotas de sudor y la cara me ardía. Miré a Usch y nos reímos.

Sentí un puñetazo en un costado. Me di la vuelta y vi una cara resplandeciente, dientes blancos como perlas, cejas tupidas. ¡El de las carnes firmes!

—¡*Sorry*! —entonaron sus labios de locura antes de volver a sonreír. Me agarró suavemente por el brazo y siguió bailando.

Me había sonreído. ¿Le había devuelto la sonrisa? Ni idea. Nos sonreímos de nuevo una, dos veces, y después él se perdió entre la multitud.

Completamente acabadas, Usch, su hermana Andrea y yo subíamos hacia las cuatro y cuarto la escalera que conducía a la salida, lo cual no era tan fácil porque aún había un montón de gente bajando a empujones. Andrea, que tampoco estaba propiamente sobria, y yo, que sí lo estaba porque el alcohol engorda, sosteníamos a Usch cogida de los brazos.

Seguramente fue el aire de la calle, porque apenas estuvimos fuera, Usch empezó con sus remordimientos. Miró hacia la calle, después al cielo negro de la noche, de nuevo al suelo y luego a mí.

—Vicky —dijo con voz apagada—, he bebido demasiado, por dios, me siento mal. ¿Me he portado mal? Yo no puedo beber. Me pongo terrible. Y ni un solo tío me ha mirado siquiera un poco, por la espantosa pinta que tenía. Y Nils tampoco está… —Aspiró ruidosamente por la nariz—. No quiero ir a casa. Allí estaré sola.

—¡Tonterías! Andrea sí está, y además no te has puesto insoportable, sino más bien graciosa —la consolé—. Aunque estuvieras borracha como una cuba, pero eso te sienta bien.

Volví a tomarla del brazo y llamé un taxi.

Yo me fui a pie. Era sólo media hora, y andando por la calle quería quitarme de encima el atronador ruido de las baterías que aún me retumbaba en los oídos. Curioso: esta vez yo había flirteado

—al menos un poquito— y Usch se había ido con las manos vacías. Sonreí.

Aunque había puesto el despertador a las diez, cosa rara en mí, debí de apagarlo cuando estaba todavía medio dormida. En cualquier caso, cuando, poco después de las doce del mediodía, me desperté, porque los terribles chiquillos de la pareja que vivía dos pisos más abajo andaban chillando por la escalera, yo ya no me acordaba.

Mi lengua estaba pastosa, blanca y con mal sabor derrumbada en la boca. Cuando llegué a casa estaba demasiado agotada para cepillarme los dientes y ahora sentía un poco de vergüenza.

«Es importante tener dientes sanos, Vicky», predicaba mi madre más o menos desde que yo tenía cuatro años. «A quien no se los cuida le huele mal el aliento, y un día se le caen todos.»

El miedo a ir un día por la vida con una boca maloliente y desdentada me había calado de tal manera los huesos que, excepto muy de cuando en cuando, me lavaba los dientes por lo menos tres veces al día con un cepillo eléctrico carísimo, pero por lo visto inmejorable, e iba al dentista al menos dos veces al año para un control rutinario.

—Señora Wildmüller —decía siempre el dentista inclinándose sobre mi boca abierta de par en par—, si todos los pacientes fueran como usted, ya podría yo ir echando el cerrojo.

Después de tomar una taza de café y una manzana, metí en la lavadora mi ropa, que apestaba a sudor y humo, lavé los cacharros y canturreé *Freestyler*, de los Bomfunk MCs, rellenando los huecos de letra olvidados con creaciones propias.

Debería ir a bailar mucho más a menudo, pensé. O dar yo misma una fiesta. En agosto, quizás, el día de mi cumpleaños: invitar a todos y celebrarlo hasta la mañana siguiente. Si se lo decía a Bina y a Brian a tiempo, seguro que también ellos podrían venir.

Y Usch, claro, y Gerald y Hans. Regina no, pero sí Etienne, la gente de la Universidad. Al fin y al cabo, los veía demasiado poco. Mis nuevos compañeros del despacho y... El tipo de la discoteca me volvió a la memoria. Un tío simpático, de treinta y cinco años a lo sumo, y, por lo que a mí me pareció, no había ninguna mujer con él.

Miré por la ventana hacia el cielo gris, soñando. De qué hablaríamos el uno con el otro. Sobre cualquier cosa. Cómo me miraría. Con ternura, como si el sol estuviera saliendo para él. ¿Qué se sentiría al tocarle? La piel de Ralf siempre me había dejado rendida: fina y suave como la de un bebé.

¡Fantástico! ¡Así de lejos había llegado! Bastaba con que cualquier tío me saliera al paso sonriendo en la discoteca para que yo me imaginara la mayor felicidad en pareja. Dentro de poco me pondría colorada si el cartero se dirigía a mí. Como cuando tenía doce años. Un caso grave de regresión. O soledad aguda. Llevaba meses viviendo por debajo del mínimo vital de romanticismo y un nuevo amor sería ahora justo lo que necesitaba. Rubio, de pelo castaño, alto, bajo. ¡Qué más daba!

Un poco soñador y divertido; eso sí me gustaría que fuera. Uno que me dijera qué sexy y qué estupenda me encontraba. Que no me dejara plantada por tener más o menos carne en las costillas, porque, de cualquier manera, él no me habría conocido distinta. Entonces todo estaría bien y yo tendría toda clase de motivos para sentirme estupenda. Porque el amor hace feliz y la felicidad embellece.

En realidad, hubiera tenido que avergonzarme de pensar esas cosas. ¡Yo era eso que se llama una mujer emancipada! Ganaba mi propio dinero, llevaba preservativos en el bolso por si acaso hacían falta y habría podido pronunciar conferencias de tres horas sobre literatura feminista. Naomi Wolf, Alice Schwarzer y compañía: todo eso lo tenía en la cabeza, lo tenía asimilado, entendido, meditado. Pero para sentirme bien de verdad, femenina y estupenda, necesitaba un hombre que me diera cachetes en el trasero y me dijera que le volvía loco. ¡Qué amarga confesión!

Y no se trataba únicamente de sexo. Aunque tenía que reconocer que no me habría importado nada tirarme a uno por toda la casa. Toda la noche, y después de levantarme, otra vez. Pero lo que más echaba de menos era llevarle a alguien Kinder sorpresa del supermercado, o un cocodrilo con caramelos en la boca. Esas pequeñeces ingenuas que nadie necesita de verdad pero con las que se dice «Cielo, he pensado en ti cuando hacía la compra». Quería que alguien me hiciera una sopa cuando yo estuviera enferma, me contara cosas divertidas y se fuera acercando a mí en la cama cada vez que yo me apartara.

Hacía unas semanas un hombre se había sentado a mi mesa en Rosa's y había puesto su teléfono móvil junto al cenicero. De tal manera que, abajo a la derecha, en el visor, yo pude leer «Vera». Vera, su número uno.

Este móvil me había encogido el corazón. Porque mi nombre no estaba en ningún visor. Yo no era el número uno de nadie.

Me senté a mi escritorio y me puse de nuevo a trabajar en el test para Helen. En la casa de enfrente volví a ver al vecino asomado a la ventana. Siempre que yo trabajaba, él estaba apoyado en el cojín del sofá mirando hacia la calle. Me recordaba un poco a Manfred Krug. Sólo que era más delgado y tenía una tez completamente gris, y la nariz casi tan morada como una berenjena. Pero no era realmente viejo. Cincuenta, a lo sumo cincuenta y cinco.

Quizás su mujer le había abandonado, o nunca había tenido una mujer. Sin duda bebía. De vez en cuando le veía en el supermercado aprovisionándose de latas de cerveza que luego metía en una bolsa raída de ganchillo que algún día debió de haber sido roja. A veces me imaginaba cómo sería su casa. Sin duda, tendría un aspecto desolador, con gigantescos muebles de color castaño, las paredes empapeladas en un tono oscuro y una hiedra marchita balanceándose en una maceta de plástico blanco que colgaba del techo por encima del televisor.

Seguro que el sueño de su vida no había sido pasar los días inclinado sobre el alféizar de una ventana, fumar un cigarrillo tras otro y contemplar una calle en la que no pasaba nada.

«¿Cuál es la profesión adecuada para usted?», leí. Como si eso le interesara a alguien.

El buen humor se había esfumado. Fuera, a otra cosa.

Por la noche quedé con Gerald en un restaurante japonés. Quería contratar al cocinero para la fiesta de su galería y me había invitado a cenar para ver cómo se comía allí. En realidad, esa cita no me venía muy bien. En plena dieta, que encima iba bastante mal. Por otro lado, no podía encerrarme entre cuatro paredes hasta el final de la fase de hambre. Al fin y al cabo, comer era una parte importante de la vida social. Por lo menos de mi vida social. En el fondo, a nosotros los que tenemos exceso de peso, nos va aún peor que a los alcohólicos; porque nosotros no podemos dejar de comer del todo.

Para evitar por lo menos lo peor, repasé antes mi tabla de calorías buscando *sushi* bajo el encabezamiento «Comer fuera». Nada. Pero el *sushi* no podía ser tan terrible: pescado crudo y arroz, nada frito ni empanado ni cosas de ésas. Estudié las clases de pescado habituales en el *sushi*: salmón, seis gramos de grasa por cada cien gramos; el atún ya subía a quince. ¿El atún más graso que el salmón? Eso era nuevo para mí. Pero ahí lo decía, negro sobre azul claro. Así pues, nada de atún. Lo mejor era la carne de langosta o de cangrejo, un gramo nada más cada una.

No había por qué tener miedo. Tomaría unos *nigiris*, un poco de *sashimi* y nada más. Y por si acaso me pasaba, podía ahorrar durante el día. O al día siguiente.

—He estado pensando si no debería volver al *rolfing*. Para notar qué se siente cuando a una la tocan —así fue cómo le describí a Gerald mi estado de ánimo entre dos cucharadas de sopa de algas y carne de cangrejo.

—¿Cuánto tiempo hace? De sexo, quiero decir —preguntó Gerald.

—Seis meses más o menos.

—Uf, eso es bastante. Cuando se lleva tanto tiempo sin sexo, es como si a uno le hubiera caído encima una maldición. Como si ya no pudiera volver a ser —dijo Gerald—. Y es importante romper esa maldición —añadió.

Una declaración que no me levantó el ánimo precisamente. En realidad, yo hubiera querido oír que seis meses no eran nada y cualquier cosa menos un drama (en lo que yo otra vez estaba convirtiendo el asunto para ennoblecerlo).

—¡Genial, Gerald! ¿Y cómo crees que puedo romper esa maldición? Quiero decir, para ti no sería ningún problema: entras en un bar de ambiente y te sale uno para cada dedo. O directamente a la sauna con cuarto oscuro. Yo no puedo acercarme tan ricamente a uno que me guste y preguntarle «¿Sería usted tan amable de enamorarse de mí?».

—¡No te pongas así ahora! —dijo Gerald—. Y además, es verdad que yo estoy de buen ver, como, por cierto, tú también, querida mía. Profesionalmente tengo mucho éxito, soy un esteta de pies a cabeza y un sibarita; o sea el prototipo de homosexual, pero nunca he sido un ligón o, a lo sumo, lo era antes. Un poquito quizás, pero para qué vamos a profundizar en ese tema ahora.

—¡Qué pena! —sonreí—. El lado oscuro de Gerald Sander: Uhhh. ¿Le has confesado tus excesos por lo menos a Hans?

—El amor no conoce secretos, corazón. Vivimos lealmente juntos, fieles y además con pasión. ¿Y sabes una cosa? Para la fiesta te vamos a invitar a alguien simpático. Hay bastantes hombres que quieren tener algo entre sus manos y a quienes no les gustan las flacas.

—Tú sabrás.

8

Who the fuck is Audrey Hepburn?

A las diez en punto de la mañana del lunes oí sonar el timbre. Una coordinación perfecta, porque justo acababa de embalar el resto de los lápices de color y los rotuladores, de desenchufar el ordenador, enrollar los cables cuidadosamente, guardarlo todo, e incluso había logrado pasar la aspiradora por mi despacho, ya ex despacho.

—Bueno, ¿dónde están los armarios empotrados, las lavadoras y el tresillo rústico? —preguntó Michael.

—Por aquí, Conan —dije yo.

—Humm, ¿esto lo has hecho tú? —preguntó Thomas señalando el desnudo en tonos cálidos rojos y castaños, de dos por dos metros de tamaño, que colgaba sobre la cabecera de mi cama. Mi retrato de espaldas. Un trabajo de fin de semestre, y el mejor cuadro que había pintado en mi vida. A pesar de que el óleo nunca había sido mi fuerte.

Entretanto Michael contemplaba mi columna vertebral. ¿Por qué no habré cerrado la maldita puerta?

—Interesante —dijo él—. ¿Quién es?

—Una amiga —mentí, porque decir «yo» en cierto modo me resultaba penoso. Al fin y al cabo no sabía si el «interesante» quería decir bueno o más bien malo, cosa que, por supuesto, Michael no hubiera podido manifestar directamente y por eso lo envolvía en un cortés y retórico «interesante».

—Una tía buena —dijo Michael.

Thomas asintió.

¿Por qué tendría que mentir yo tanto?

Los chicos necesitaron exactamente veinte minutos para meter mis pertenencias en el coche. A cambio, casi les hicieron falta tres cuartos de hora para empujar los trastos escalera arriba hasta el quinto piso.

—Soy el comité de recepción, pero soy mala para cargar cosas. No es broma, son las vértebras —me saludó Marie ofreciéndome un naranjo que me llegaba más o menos a la altura de la rodilla—. Bienvenida también de parte de Heidrun, que hoy está de viaje. Si necesitas ayuda para ordenar las cosas, dilo.

—Ahora tengo que retirarme y hacer algunas cosas, lo siento —se disculpó Thomas—, nos veremos más tarde.

Di las gracias y fui a mi nuevo despacho. Algo desorientada, contemplé el caos.

—Dos horas, calculo yo, y ya te habrás quitado de encima lo peor —dijo Michael. Dio una calada a su cigarrillo y me ofreció una taza de café.

Yo ni siquiera le había oído entrar.

Se sentó en mi escritorio, que en el nuevo entorno quedaba extraño, y asumió la dirección del trabajo:

—Primero colocamos todas las cajas en el pasillo, después instalamos la estantería y desembalamos. Fin.

Yo estaba muy agradecida, por no decir halagada. Michael parecía interesarse un poco por mí. Tenía que interesarse por mí. ¿Qué otro motivo había para que, sin que realmente fuera cosa suya, se sintiera responsable de algo tan aburrido como una mudanza?

—A mí me viene bien cualquier ayuda, pero tú no tienes por qué trabajar como un esclavo. ¿Seguro que no tienes nada que hacer? —pregunté tratando de parecer lo más indiferente posible.

—Tú eres la excusa perfecta. —Se quitó el jersey y se subió las mangas de la camiseta interior de canalé por encima del codo—. Podemos empezar.

Cuando aseguraba los tornillos, yo sostenía el estante y me acercaba tanto a él como me lo permitía el taladro. En su antebrazo veía los meandros que formaban las venas bajo el vello dorado.

—¿Qué haces cuando no estás ayudando a mujeres necesitadas de apoyo? —le pregunté—. Para ganarte la vida, quiero decir.

—Fotos. Reportajes, de vez en cuando *spots* de cosméticos y alguna vez también algo de moda.

Mierda. Por desgracia, de fotografía yo no sabía nada. Podía distinguir una buena foto de una mala, eso sí. Pero, ¿hacer fotos yo? Imposible. Abrir el diafragma, cerrar el diafragma. ¿Profundidad de campo? Jamás lo había entendido.

—Interesante —dije—, ¿y para quién trabajas?

—Para casi todas las grandes revistas de Hamburgo —dijo él—. Ahora mismo trabajo mucho para *Style & Fun*. Acabo de regresar de Turkmenistán.

¡Las fotos de Turkmenistán que a Helen le parecieron tan malas! Hamburgo era como un pueblo.

Le hablé de mi conversación con Helen, aunque me callé su opinión sobre las fotos, que a mí me hubiera gustado ver algún día, y renegamos un poco de los medios de comunicación. Al final, él habló de su próximo proyecto importante: «Víctimas del agente naranja en Vietnam. Segunda generación, bastante duro», y yo nunca me había sentido tan bien entre cajas, tacos, serrín y tablas para estantes. Con agente naranja o sin él.

Desgraciadamente, hacia las cuatro de la tarde no quedaba ya nada que hacer.

—Bueno, ahora puedes empezar a colocar las cosas. —Michael miró el reloj—. Yo tengo que ir al laboratorio. No me queda más remedio.

Éste hubiera sido el momento de invitarle a comer. Un detalle disimuladamente presentado como agradecimiento por su cortesía. Pero fui demasiado cobarde. Quizás no quería que le invitaran. No que lo hiciera yo. E iba a pensar que era demasiado pesada.

—Bueno, tengo una mujer nueva en la oficina, que es el colmo del descaro... —le imaginé diciendo.

—¿Te puedo devolver el favor de alguna manera? —pregunté yo por decir algo sin correr el riesgo de hacer un ridículo insoportable.

—Perfecto. ¿Qué tal si me invitas a comer? Tengo un hambre canina. ¿Conoces el Gioconda?

—¿El italiano de esa callejuela de putas?

—Ése mismo. ¿Te apetece?

Asentí.

—Entonces, entre las cinco y media y las seis en el Gioconda. Es bastante temprano, pero yo no aguanto más. Así que, hasta luego —dijo, salió, pero aún asomó la cabeza por la puerta y añadió sonriendo—: Lo siento si esto parece un atraco, pero creo que a las citas simpáticas no se les puede dar largas, ¿no crees? —Sonrió de nuevo, y yo devolví la sonrisa.

¡Aaaah!... Aquí estaba yo ahora, sentada en mi nuevo despacho, con un nuevo panorama, nuevos colegas y un naranjo nuevo. Y tenía una cita. ¡Una cita! Con ese tío tan simpático, tan sexy.

¿Una cita? ¿Dentro de poco más de una hora? Me olisqueé las axilas. ¡Sudor! Tenía que irme inmediatamente a casa, ducharme, lavarme la cabeza y cambiarme de ropa. Ponerme guapa.

—No te quedas mucho ¿no? —dijo Heidrun, cuando casi choqué con ella en el pasillo—. ¡Bienvenida y hasta luego!

—Sí, eh, lo siento, tengo aún algo que hacer —señalé mi reloj de pulsera—. Nos vemos mañana, hasta luego.

A las seis y diez llegué al Gioconda. Recién duchada, vestida de negro de pies a cabeza. El negro estiliza. Un poco más tarde de lo acordado, pero, con la mejor voluntad: antes hubiera sido imposible. Además, llegar con retraso era signo de soberanía. Al menos mucho más que dejarse sorprender con un cuarto de hora de antelación mirando el escaparate de una tienda de sanitarios.

Respirar profundamente, relajar los gestos y adentro.

Obviamente, Michael era aún más *cool*: no apareció hasta y veinte.

—Por favor, no te enfades. El tráfico...

Hojeamos la carta y calculé preocupada en qué plato podrían ocultarse menos calorías y menos grasa. Pizza, espaguetis a la boloñesa y entrantes quedaron descartados de antemano. ¿Lasaña? Muy mal. Todo lo gratinado y el parmesano, lo mismo. Para beber, agua mineral. O, a lo sumo, vino blanco.

—Me podría comer medio cerdo —dijo Michael sonriéndome. Cuando sonreía se le hacían unos hoyuelos encantadores—. ¿Tú qué vas a tomar? Espero que no seas una de esas que comen como pajaritos y sólo picotean verduras...

Eso era precisamente lo que yo me había propuesto. Le obsequié con una sonrisa de esfinge, pero me ahorré el apuro de contestar, porque Michael había empezado a hablar de nuevo.

—¿A ti qué te parece el «trío de pasta»? Tres clases distintas de pasta, con salsa de gorgonzola, *arrabiata* y una tercera que se me ha olvidado.

Se me nubló la vista. Nada me hubiera gustado más que retozar en el «trío de pasta». Pero, ¿salsa de gorgonzola? ¿Pasta? ¿Aceite? El contador de calorías de mi cabeza trató de sumar en décimas de segundo lo que, *summa summarum*, se me venía encima con el «trío de pasta».

—Pero tiene que ser para dos. Vamos, no me salgas rana.

Asentí. Y sonreí. Mi contador de calorías sufrió un colapso.

La ración que el camarero llevó a la mesa en una bandeja en forma de concha era descomunal incluso para dos. La pasta —*tortellini*, espaguetis y *rigatoni*— era de la casa y estaba perfectamente hecha *al dente*, las salsas eran un poema, y el vino tinto que pidió Michael acariciaba la garganta al bajar.

Brindamos.

—¡Por ti y por tu estreno con nosotros! —dijo él.

—Otra vez gracias por tu gran ayuda. Sin ti aún estaría taladrando agujeros para los tacos. —Pinché dos *tortellini* juntos en el tenedor y, en el fondo de mi cerebro, el ángel de la guarda de mi régimen advirtió: «¡Come menos, Vicky! Recuerda que quieres adelgazar».

Pero en ese momento Michael ya estaba echando un alud de parmesano sobre mi plato.

—Esto sin parmesano no acaba de saber bien. ¿Más vino?

—Sí, por favor. —Me sentía exultante. Una comida maravillosa, un hombre simpático. ¿Dieta? ¡Bah! Mañana será otro día. Y, después de todo, a Michael no le gustaban las picoteadoras.

Habló de las fotos para anuncios de cosméticos que había hecho hacía unos días.

—¡Menuda cursilería, porque la modelo era tan remilgada! Era tan sumamente estúpida —dijo haciendo equilibrios para llevarse a la boca una carga de espaguetis—, vamos, quiero decir, si yo no puedo soportar que alguien me mire las tetas, entonces no me dejo contratar para una sesión de fotos de un anuncio de cosméticos para el escote... ¡Mierda! —Una gota de salsa de tomate había aterrizado en su camisa blanca.

Me costó resistir la tentación de poner saliva en la servilleta y quitarle la mancha. Estar tan cerca de esa increíble cara, con sus hoyuelos, sus dientes perfectos y esa nariz con tanta personalidad.

—Menos mal que no era vino tinto —dijo Michael salivando él mismo su servilleta y poniéndose a frotar la mancha.

Se explayó aún un rato sobre la estupidez de las modelos:

—Si no es porque lo veo un día sí y otro también, no me lo creo —y yo absorta, escuchándole.

Cuando preguntó de qué conocía a Helen, le hablé de Bina. De cómo nos habíamos conocido poco antes de empezar los estudios, en una promoción de *gouda* holandés en el supermercado: por 12,50 marcos a la hora, durante dos calurosas semanas de agosto, ofreciendo a los antipáticos clientes de las afueras tacos de queso con banderillas de plástico de colorines, sonriendo, intercalando frases aprendidas de memoria sobre la maduración del queso en general y del *gouda* en particular y defendiéndonos de comentarios estúpidos. Y todo esto vestidas con trajes de holandesas, con zuecos de madera, gorrito blanco y toda la parafernalia.

Cuando antes le contaba algo a Ralf, al cabo de dos minutos casi siempre empezaba a pasear la vista de aquí para allá, pero Michael no dejó de mirarme. A los ojos. Como si no hubiera nada más interesante en el mundo que una historia sobre una promoción en un supermercado. De vez en cuando reía con su risa de terciopelo. Me lo imaginé tendiendo sus manos por encima de la mesa para tomar las mías y mantenerlas muy, muy apretadas.

—¡Qué canción tan bonita! —dije yo murmurando bajito unos compases—. ¿La conoces? Es *Moonriver*, de *Desayuno con diamantes*.

—Ah, Audrey —dijo él—, una película fantástica, y Audrey Hepburn está estupenda. ¡Esos sombreros! ¡Esas gafas de sol! Sólo que un poco demasiado delgada, la pobre.

¡Audrey Hepburn demasiado delgada! Si le hubiera dedicado un poema a su figura, a sus frágiles brazos, a las flacas piernecitas, a su pecho plano bajo los vestidos acolchados, seguramente yo me hubiera escondido debajo de la mesa, como una niña tartamuda que tiene que recitar una poesía delante de toda la clase. Pero a él Audrey le parecía demasiado delgada, y yo me sentí libre, cómoda, sencillamente bien. Aquí, con Michael, delante de nuestros platos vacíos, con las migas de pan y las manchas de vino tinto en el mantel de cuadros, y la vela en la botella de Chianti envuelta en mimbre tejido a mano, por cuyo cuello corrían, una capa sobre otra, los hilos de cera roja que yo podía quebrar uno tras otro mientras le escuchaba. ¡A él Audrey le parecía demasiado delgada!

—Ah, tiene un aspecto fantástico, la condenada! —Podía permitirme ser generosa, relajada. *Who the fuck is Audrey Hepburn*?

—No lo niego, pero un poco de carne sobre los huesos no le hubiera sentado mal —dijo Michael—. ¿Recuerdas la escena de la fiesta en que todos están borrachos como cubas y ella se marcha con ese millonario pelirrojo con nariz de perrito faldero? Cada vez que lo veo, me entran unas ganas locas de hacer una buena fiesta.

Ahora o nunca, Vicky, si desaprovechas este pase largo, créeme, no tienes arreglo. Al fin y al cabo, Audrey Hepburn le parece demasiado flaca, no le gustan los andamiajes de huesos y tú llevas aquí dos horas sentada con él, lo pasáis bien, te escucha satisfecho. ¡Lo tienes todo muy fácil!

Sin problemas, yo era una *femme fatale* con labios como cerezas y perifollos negros en torno a las curvas:

—Un amigo mío da una fiesta en su galería, con *disc jockeys*, *sushi*, champán y un montón de gente —tomé aliento brevemente—. Es el sábado que viene. ¡Vente!

Por fin. Lo había conseguido, de verdad. Y hasta había sobrevivido. A medias, porque mi corazón latía como loco. Casi podía sentir el pulso en el brazo izquierdo, y me faltaba el aire.

—Humm —dijo Michael—. Suena muy bien. ¿Por qué no?

Él tenía que irse hacia las nueve.

—Tengo una cita con un viejo amigo —dijo.

Delante de la puerta me dio un besito en la mejilla izquierda y otro en la derecha.

—Gracias por la invitación. Esto tenemos que hacerlo más veces, la próxima me toca a mí. Hasta luego, nos vemos en la oficina.

Le seguí con la mirada, le vi ir hacia una furgoneta Passat de color amarillo buzón que estaba aparcada en pleno paso de peatones. Encendió el motor, miró por el retrovisor y arrancó. Estuve a punto de levantar la mano para decirle adiós. Pero la retiré a medio camino. Ya había dado la vuelta a la esquina siguiente.

¡Esto no puede ser, esto no puede ser, esto no puede ser de ninguna manera! Camino de casa, la cabeza me daba vueltas de tantas casualidades. Hamburgo, un millón y medio de habitantes, seguramente muchos pisos de oficinas compartidos, y yo voy a parar justamente a uno en el que trabaja un tío que a mí me parecía de caerse de espaldas, que de una manera más o menos espontánea había aparecido por mi despacho y encima había salido conmigo a cenar. ¡A éste yo le gusto! Tanta felicidad casi me inquietaba.

Decidí mantenerme *cool*. Ver todo el asunto con realismo: había encontrado un despacho barato.

Luminoso, justo a la vuelta de la esquina, con compañeros que, si no engañaban de mala manera, eran buena gente, y luego, santo Dios, y luego, encima, allí había un tío como ése. Un hombre, vamos...

En cuanto llegué a casa, consulté inmediatamente mi horóscopo.

Leo, 2º decanato:

«Este mes lo que está más abajo pasa arriba del todo», decía, *«y, a veces, tanto cambio le desbordará. Un trabajo nuevo, un hombre nuevo, quizás incluso una ciudad nueva. A usted en abril le puede pasar prácticamente de todo. Pero cuidado: no todo es lo que parece. Mire bien, no se deje deslumbrar»*.

Ajá.

En lo del cambio, el horóscopo acertaba casi al cien por cien. A lo mejor había algo de cierto en eso de que no hay casualidades. ¿Y el resto? ¿Comprobar? ¿No todo es lo que parece? Quizás tenía razón la pesimista que yo llevaba dentro y cuya voz oía susurrar en el trasfondo de mi cerebro: «¡No te hagas ilusiones!».

Tiré la revista a un rincón.

Michael. Su nombre me sonaba bien. Michael y Vicky. Vicky y Michael.

9

Que si pieles
que si osos

—Parece un tipo agradable —dijo Usch pasando la mano por las blusas cuidadosamente dobladas y colocadas en el estante de madera. Siempre en montones de cinco, XS, S, M, L, ordenadas por colores: rosa claro, fucsia, malva, burdeos.

Habíamos quedado a mediodía en el centro para que Usch se equipara para su prueba didáctica. No quería parecer ni anodinamente seria ni de una femineidad demasiado llamativa.

—Muy agradable. ¿Te lo imaginas? Llego allí, él se cuela en mi despacho y después encima salimos a cenar, así de simple. ¡Lo propuso él y el sábado vendrá a la fiesta de Gerald! Esto es una maravilla. Creía que me iba a dar algo. Estoy ya tan nerviosa...

—Mantén la calma, Vicky. —Usch trataba de amortiguar un poco mi euforia—. Vete con él a la fiesta y después a ver qué sale. Pero, por lo que más quieras, no te obsesiones. Si no, puede que luego te lleves una decepción. No hay que repartir la piel del oso antes de cazarlo.

—¿De dónde has sacado ese dicho?

—De mi madre, lo dijo por Nils. Me parece muy divertido.

Por una vez en mi vida que trataba de no ser pesimista, venía mi mejor amiga y me contaba historias de pieles y de osos.

—Sí, vale, tienes razón. Sólo que, Usch, no sé qué ponerme. ¿Me vas a ayudar el sábado por la tarde? ¡Anda, por favor!

—Sólo a cambio de buñuelos de viento, ya sabes: los de la pastelería que está junto a correos, cerca de tu casa. ¡Son los mejores buñuelos de viento del mundo!

—Lo que mande la señora.

Tomé un jersey lila del estante. XL, decía la etiqueta, pero parecía sacado del departamento de niños.

—No sé en qué medidas se basan, pero en esta mierda de tienda a mí no me sirve ni la XL.

—Son tallas italianas —dijo Usch—, siempre resultan muy pequeñas. ¿Qué te parece esto? —añadió colocándose sobre la cadera una falda negra por la rodilla, en la que a derecha e izquierda de la cintura serpenteaban unas guirnaldas de flores discretas hacia un pequeño volante.

—Muy bonita.

Usch desapareció en el probador después de echar mano de una blusa verde tilo que combinaba a la perfección con los tallos de las flores. Mientras tanto miré qué había en la tienda, cogí de la percha un pantalón de napa de color crema, suave como el terciopelo, a juego con un abrigo del mismo material. Ochocientos marcos cada pieza, pero de todos modos no me hubieran servido: el pantalón tenía un corte ajustado a la cadera y las perneras eran demasiado rectas para que mis formas de zanahoria encajaran en ellas.

Fui a donde estaban las faldas. El largo por la rodilla me gustaba. A lo mejor una falda era lo que me convenía. A Michael le gustaban las mujeres femeninas. Al cien por cien.

—¿Y? ¿Qué te parece? —Usch giraba delante del espejo y trataba de mirarse el trasero por encima del hombro—. Un poco ceñida. Hace mucho culo —dijo.

—A mí no me lo parece —Y era absolutamente cierto. ¿Usch y un culo gordo? Dos cosas que se excluían mutuamente.

—Humm —dijo Usch, fue a buscar una falda de una talla más y desapareció de nuevo detrás de la puerta del espejo, en una de esas cabinas en las que todos los días se meten millones de mujeres al borde de un ataque de nervios, bajo una despiadada luz artificial, a merced de su imagen, que no es la de Claudia Schiffer, ni la de Elle McPherson, ni siquiera la de Jutta Kröger, la belleza de la oficina de al lado.

—Esto es todo un asco —oí decir a Usch—. La falda es demasiado grande, floja, o no sé.

Una opinión que yo compartía totalmente, porque la de antes a mí no me había parecido demasiado pequeña.

Fuimos a varias tiendas más. Usch se probó faldas de cuadros, faldas de un solo color, un pantalón malva («¿de furcia, no?»), un traje de chaqueta negro, otro de color caldera («muy pijo») y varios jerseys de los que yo no me pondría nunca porque acababan poco más abajo del ombligo.

A Usch le quedaba bien todo. Incluso las cosas que no le sentaban perfectamente. El caldera, por ejemplo, la hacía parecer un poco mayor. Cuantas más faldas, pantalones, jerseys que acababan justo por debajo del ombligo, blusas en miniatura y chaquetas se ponía, más se agudizaba mi envidia. Amarilla, pertinaz y viscosa.

Una envidia que me agarrotaba la garganta y hacía sonar mi voz tan falsa y plana que Usch me hizo la pregunta de: «¿Te pasa algo?», que yo contesté con un: «No, sólo estoy un poco cansada». Quizás hubiera debido decir: «No se me despegan los dientes porque tengo un nudo en la garganta y podría echarme a llorar ahora mismo, porque tú estás tan condenadamente guapa con todo lo que te pones en esa maldita cabina. Con todas las cosas que a mí no me servirían o que, si me sirvieran, me quedarían tan ceñidas que estaría temiendo por la cremallera. Por eso mi voz suena tan idiota, porque tú eres otra vez la princesa y yo la prima contrahecha».

Una cosa así no se dice. Nunca se aceptaría, porque es: a) terriblemente histriónico y b) tan pueril... Al margen de que la envidia no es precisamente uno de esos sentimientos elegantes que a uno le gusta exhibir por ahí.

Pero no podía reprimirlo, como apenas podía reprimir las ganas de echarme a llorar hasta llenar el primer tiesto que se me pusiera delante.

—Perfecto —dijo Usch al cabo de unas dos horas y en la séptima tienda—. Ni demasiado ni demasiado poco.

Yo asentí y dije: «Totalmente». Cosa que adorné con una sonrisa más que forzada. Las manifestaciones de entusiasmo demasiado claras me costaban un triunfo. Yo hubiera preferido que este sofá color guinda en el que estaba sentada se transformara en una gigantesca boca que me hiciera desaparecer.

—¿Ahora lo dices en serio? —Escrutadora mirada de reojo de Usch—. Puedes decirme la verdad, Vicky.

—¿Por qué te iba a engañar? Te sienta de maravilla.

—Bien —con sus ropas para la prueba didáctica, blusa roja con un gran cuello de punta estilo años setenta y un pantalón tres cuartos color arena, se dejó caer junto a mí en el sofá y reclinó la cabeza sobre mi hombro—. Mil, mil gracias por venir conmigo. Si no fuera por ti, hubiera matado a palos a una dependienta o hubiera hecho pedazos toda la instalación. —Suspiró profundamente—. Comprar ropa es una experiencia límite.

Yo me limité a asentir.

Cuando por fin regresé al despacho, allí no había nadie. Ni siquiera Michael.

—Está haciendo fotos o algo así en una casa de campo cerca de Glückstadt. —Había dicho Heidrun por la mañana, cuando pregunté por él cautelosamente—. Un reportaje de moda de altos vuelos.

Era mejor que en mi estado actual no tropezara con él. En el baño me estiré un poco el pelo, lacio; examiné las ojeras, me puse el jersey por encima de la cintura del pantalón, metí la tripa hacia adentro, me observé por delante, por detrás, de lado. Sin solución. Deprimente. Había vuelto a la realidad de la manera más despiadada.

Quinientos gramos nada más; era todo lo que había adelgazado y, sin duda, con la orgía del restaurante italiano, había arruinado todo lo que hubiera podido aportar la segunda semana de pérdida de grasa. Y el sábado iba a ver a un hombre maravilloso, divertido, seguramente también bastante listo, que, aunque dio a entender que le gustaban las formas, seguro que con eso no se refería ni a carne fofa ni a las lorzas de grasa. Antes del sábado tenía que recuperar sin falta lo perdido. Faltaban cuatro días escasos, no mucho.

Pensé en la pasta del Gioconda, en la risa de Michael. En lo bonita que había sido la noche. Con una comida exquisita, y el vino y la música: perfecta, como si lo más natural fuera que nosotros estuviéramos allí sentados juntos. En cómo me miraba.

Pero ahora me veía achacosa. ¿Qué iba a encontrar de interesante Michael en mí? ¿Qué era yo al fin y al cabo? Una nulidad, una ilustradora cualquiera, normalita, que a la primera oportunidad echa a perder todos sus buenos propósitos. ¿Y él, fotógrafo? ¡Encima eso! Ante él no podía aparentar nada, él era un especialista en mirar.

Usch tenía razón: mirado con realismo, no había nada que hacer.

Sencillamente, yo no era el tipo que buscaban los hombres. No lo había sido nunca. Más bien algo para la tercera o quinta mirada. O quizás para ciegos. El primer novio no lo tuve hasta los diecisiete años. Vale, eso sí, resultó un novio de verdad: no ese vacilante lugar común de «¿quieres salir conmigo?» para después meternos la lengua hasta el cuello el uno al otro. No, fueron dos años maravillosos, serios. Hasta que decidimos que, al hacernos mayores, nos habíamos distanciado.

¡Pero a los diecisiete años! A esa edad la mayoría de las chicas de mi clase ya podían celebrar el tercer aniversario de su desfloración. Lo sabía por distintas conversaciones en los lavabos, en los vestuarios o en el café.

Antes, además, era demasiado tímida para lo que fuera. E incluso si alguno hubiera querido algo más de mí, seguramente no me hubiera dado cuenta. O lo hubiera declarado completamente loco y decidido que, por lo tanto, no entraba en juego para nada.

Lo que no quiere decir que no me enamorara. Todo lo contrario. Pero nunca resultó. Primero Tim, luego Christoph y por último Markus. Para ellos yo era una colega para «salir por ahí», con la que no había que andar con rodeos, con la que se podía hablar de todo. Y nada más.

A Christoph incluso le dije que estaba enamorada de él, porque, al cabo de medio año de estar juntos casi a diario, no pude aguantar más. Primero se quedó mudo y después escogió unas palabras, para un chico de sólo dieciséis años, desde luego, increíbles. «Me caes bien de verdad, eres una mujer estupenda. Pero no para mí.»

La verdad es que esa tarde de verano, sentada en el banco del parque a orillas del lago, tuve valor, realmente. Le pregunté que si eso tenía algo que ver con mi figura.

—Sí. —Sencilla y sinceramente.

Oír eso no es agradable.

Entonces yo tenía quince años, medía un poco menos de 1,60 y había alcanzado mi máximo de gordura, setenta y cinco kilos. Aun así, seguimos siendo amigos. Seguimos dando vueltas juntos alrededor de las casas y yo le escuchaba. Incluso cuando hablaba de su nueva novia.

Las chicas gordas tienen a veces poquísimo orgullo. Y menos que ninguna las que se encuentran a sí mismas horribles.

El hecho de que en los años después de lo de Christoph rompiera algún corazón que otro no cambió nada: su mirada de aquella tarde en el parque se me había quedado grabada en la memoria para siempre. Podía evocarla en cualquier momento.

Y ahora otra vez. Aunque hubieran pasado tantos años y yo ya no fuera la gordita apocada de entonces.

Me lavé la cara con agua helada y respiré profundamente. Una cosa estaba decidida: acabara como acabara la noche del sábado, yo tenía que estar todo lo guapa que fuera posible, y todos los kilos que pudiera conseguir quitarme eran parte de ese propósito.

Una ligerísima indigestión no estaría mal. ¿Pero de dónde sacarla, así por las buenas? ¿Ayunando? No era mala idea. Para beber, sólo zumos de frutas y de verduras. O el líquido de los guisantes en lata. Mi madre se fiaba mucho de eso. Como del numerito con el celofán: primero mezclaba varias clases de aceites y después se frotaba las caderas y el trasero con el mejunje, se envolvía después con VARIAS CAPAS DE CELOFÁN TRANSPARENTE PARA CONSERVAR EN FRESCO y, para coronar la faena, se echaba media hora bajo una lámpara de luz roja. No es broma.

A mí ya me había tratado de convencer acaloradamente, pero yo no logré entusiasmarme con sus consejos.

Ni celofán para mantener la frescura ni enfermedad. Así pues, no quedaba más que reducir drásticamente el aporte de calorías de aquí al sábado, comprar en la farmacia un enérgico laxante e ir al solarium. Si estaba un poco bronceada, la carne fofa al menos tenía un poco de mejor aspecto.

Me senté a mi mesa de escritorio, pero en vez de concentrarme en mi trabajo, me imaginé delgada y con la tripa plana de los laxantes yendo con Michael a la fiesta. Formulaba frases como: «Las obras de Capa aún me hacen llorar, y eso que las he visto miles de veces».

¿Qué había dicho él? ¿Que su próximo viaje sería a Vietnam, a fotografiar a los niños víctimas del agente naranja?

Por la noche, poco antes de irme a dormir, busqué en la estantería de los libros *Compendio de conocimientos para el bachillerato: Historia*, tomo II y en la cama leí sobre los comunistas, los americanos, el sendero de Ho-Chi-Minh y las operaciones de guerra, hasta que se me cerraron los párpados.

10

Al ataque: operación ayuno

A la mañana siguiente, inmediatamente después de despertarme, ya me rugía el estómago. Casi estuve a punto de olvidar mis propósitos de ayunar.

Eché a un lado la manta para que el golpe de frío me obligara a levantarme. Bostezar, desperezarme, mirar por la ventana: no llovía.

A pesarse. Tenía que pesarme. Había terminado la semana II de dieta. Después de una productiva sesión en la taza del inodoro y antes de ducharme, para que la piel no pudiera empaparse de humedad, me expuse a la verdad digital. Ojeada hacia abajo y… 63 kilos. ¡Hurra! Miré la aguja: 63 kilos. Había adelgazado un kilo y medio, a pesar de la pasta. Estaba tan orgullosa de mí misma como si acabara de ganar el Pulitzer o cualquier otro premio de prestigio.

¿Motivación? ¡Sin problemas! ¡Ayuno, que voy! Comer, ¿para qué? ¡El sábado estaría guapa!

Si bien no había llegado a la meta, sí que iba por buen camino.

En el herbolario compré tres botellas de zumo de naranja, zanahoria y kiwi con la garantía de estar libres de azúcar por el precio de usura de cuatro marcos ochenta y cinco por 0,7 litros y, por último, subí volando los cinco pisos hasta el despacho —siempre de dos en dos peldaños.

En la cocina encontré a Thomas, que, con una taza de café, se empollaba una revista suiza de información general y emitía discretos quejidos.

—¿Te encuentras mal? —pregunté.

—He escrito el artículo de portada para esos monos: «Lo divino en la ciencia». Diez páginas —dijo Thomas tendiéndome la revista—. Y los muy idiotas lo han ilustrado con unas imagenes espantosas. —Cerró la revista, la lanzó contra el aparador y a punto estuvo de darle al florero con unos cuantos lirios rosa ya algo marchitos—. En fin, ¿qué más da?, ya es demasiado tarde. Por cierto, ¿quieres café? Recién hecho, y también te puedo ofrecer un cruasán. —Me puso el plato delante de las narices.

—Café sí, pero cruasán no, gracias. Ya he desayunado —dije resistiendo la tentación de quitarle el cruasán de las manos—. ¿Dónde están los demás?

—Marie suele venir más tarde, Heidrun está sentada delante de su escritorio —me parece que desde ayer por la tarde—, porque hoy tiene cierre de redacción, y Michael sigue de viaje. Al menos, por lo que yo sé.

¡Todavía de viaje! ¡Qué pena!

—¿Os lleváis bien Michael y tú? —pregunté yo—. Siendo los dos únicos hombres entre ahora ya tres mujeres, estaréis de acuerdo entre vosotros, ¿no? —Yo esperaba que esta pregunta sonara aceptablemente plausible, porque, de la manera que fuera, yo quería saber más de Michael; a ser posible, sin llamar la atención.

—Nos entendemos muy bien e incluso trabajamos juntos de vez en cuando, pero yo no hablaría de nosotros como los amigos más íntimos. Para eso somos demasiado distintos —dijo Thomas—. Al contrario que yo, él, por ejemplo, está completamente libre de dudas sobre sí mismo: Michael Superstar. Sinceramente, a veces hasta le admiro por eso. Cuando no me saca de quicio. —Se rió—. Por lo demás, es un buen tío, generoso, bastante divertido y...

De repente salió un ronquido de debajo de la mesa.

—Ah, por poco me olvido —dijo Thomas señalando el suelo—. Ése de ahí abajo es Josef.

Eché una ojeada al suelo y vi un perro negro como el azabache, del tamaño más o menos de un cordero, que estaba echado en el suelo como si lo hubieran derramado allí.

—Josef... —dije yo—, interesante. ¿Mata enseguida o se toma algún tiempo?

Thomas soltó una carcajada tan alta que el animal se despertó, bostezó, salió reptando de debajo de la mesa, se sentó entre Thomas y yo y puso su cráneo casi cuadrado sobre la pierna de Thomas.

—Como si tú fueras capaz de hacerle nada a nadie —dijo Thomas en tono burlón mientras con un dedo le hacía a Josef círculos detrás de las orejas—. Tú eres el mejor de todos, el más cariñoso, el más bueno y el más simpático del mundo. —Y, volviéndose de nuevo hacia mí—: En realidad es de mi padre, que ha tenido que ingresar inesperadamente unos días en el hospital. Así que Josef ahora se queda conmigo. Vamos, si no tenéis nada en contra.

—Yo por lo menos no, nada en absoluto —dije poniéndome a acariciarle a Josef su lanudo lomo—. Al contrario: a mí me encantan los perros. Sobre todo si no son míos y no tengo que andar siempre preocupándome por ellos.

Josef me lamió la mano, me miró con sus grandes ojos como galletas de chocolate y meneó el rabo dando pequeños golpes a la pata de la mesa.

—Parece que lo de gustarse es recíproco —dijo Thomas y contó que Josef era de la familia desde sus tiempos de cachorro.

—¿Y tu madre? ¿No se podía ocupar ella de Josef?

—Hace un año que se murió de cáncer. Quizás también por eso mi padre se ha encariñado tanto con este diablillo negro: sin trabajar ya, después de enterrar a su mujer y con su hijo viviendo su vida propia... Aunque yo intento ocuparme todo lo que puedo de hacer cosas con él, viajar y eso. Tampoco me cuesta mucho, mi padre es un tío fantástico. Pero, por desgracia, tiene bastante azúcar en sangre y tienen que hacerle un nuevo ajuste. Por eso está ahora en la clínica. —Thomas se encogió de hombros y después me sonrió un poco forzadamente—. ¡Qué se le va a hacer!

—Lo siento, yo no quería... —dije yo.

—No pasa nada —cortó Thomas—. No tenías por qué saberlo. Mi padre ya se recuperará. Pero tú podrías hacerme un gran favor. ¿Podría abusar de ti para que fueses la *babysitter* de Josef? Yo tengo que pasar por una redacción y no sé si va a quedar muy bien que me presente con este Mister Bombastic. ¿Tendrías tiempo? Dos, tres horas como mucho. Me salvarías la vida.

Así pues, pasé la mañana con Josef. Cuando salimos a pasear a veces le tiraba algún palo y Josef iba a buscarlos y los traía dócilmente, y cuando de nuevo me senté a mi mesa, oía tabletear sus patas en el suelo de madera del pasillo.

Desgraciadamente, de Michael no supe nada. Todo el tiempo esperé que por fin viniera y pudiéramos charlar de esto y aquello —daba igual de qué— y que yo pudiera mirarle sin llamar la atención.

¿Cómo besaría Michael? Se me puso la carne de gallina. Y sus manos... Seguro que tenía buen tacto. Crucé las piernas.

En mi imaginación vi cómo nos besábamos de pie en mi sala de estar.

Llevaba un vestido negro muy ceñido y corto, debajo ligueros y tanga, y mi pecho se arqueaba de tal manera por encima del escote que un milímetro más y se saldría.

Bajo la fina camiseta de Michael podía sentir sus músculos, su estómago plano y firme pegado al mío, mi pecho muy apretado contra el suyo. Su mano firmemente apoyada en mi trasero, sus dedos en mi pelo, en la nuca, en mi garganta, antes de deslizarse despacio más abajo. Su aliento en mi oreja. ¡Santo Dios, ahora mismo me podría acostar con él! Y por debajo de mi ombligo presionaba su duro...

Basta. Un momento. ¡Sexo! ¿De verdad quería yo sexo con Michael el mismo sábado? Estaba totalmente loca, ¿o no? No iba a poder emborracharme tanto como para dejarme contemplar por él ¡DESNUDA! Me hundiría en el suelo de vergüenza.

Tal vez a oscuras... Garabateé manchas negras por encima de las siluetas de los monigotes que había pintado en la carpeta de mi escritorio. No, no estaba ni psíquicamente, y no digamos físicamente, en condiciones de desnudarme delante de Michael. Aunque hubiera sido ciego. Sus manos palparían todas las abolladuras en cuanto me acariciara. A lo mejor incluso llegaría a sentarme sobre él, y entonces lo vería todo perfectamente: los pechos caídos, la papada y las piernas regordetas, ¡y en movimiento!

No me iba a encontrar guapa. Seguro que no.

Y tampoco tenía ningún vestido negro ajustado. ¡Con mi atuendo imaginario no me atrevería ni a salir a la calle! «Tú, cincuenta marcos, follar, follar». Así es cómo acabaría. ¡Apuesto a que sí! En realidad, si me vistiera de esa forma, parecería una profesional.

¿Y los ligueros? Sólo una vez me los había probado. Cuando Ralf dijo que los encontraba eróticos.

Al día siguiente fui corriendo a unos grandes almacenes y me metí en el probador. Tenía cierto aire a rollo de carne asada; tanto me apretaban en los muslos.

Seguro que a Ralf no le hubiera parecido muy seductora.

Deja que las cosas vengan por sí solas, Vicky, pensé. No te imagines otra vez a los jinetes del Apocalipsis. Quién sabe, quizás sale todo tan bien que no tienes que avergonzarte nunca más. Además, la fiesta no tiene por qué ir seguida inmediatamente de sexo. Date tiempo.

Volví a mirar por la ventana, pero no pude regresar al sueño del beso.

Preferí pensar en cuánto podría adelgazar aún de aquí al sábado.

—¿Vicky? ¿Puedo pasar? —era Thomas.

—Por supuesto.

—Por haberte ocupado de Josef con tanto cariño. —Mientras hablaba, me tendía un paquetito—. Espero que te gusten los bombones belgas. Yo podría comerlos hasta reventar.

¡Bombones belgas! Santo Dios. Dije «gracias», que Josef había sido la alegría personificada, que lo cuidaría encantada otra vez, en cualquier momento, incluso de noche o los fines de semana, sonreí y pensé sólo una cosa: «¿Qué hago yo ahora con estos malditos bombones?».

¡Estúpida! ¡Estúpida hasta la médula! En vez de alegrarme de lo que este simpático ser me había traído. Y encima no era cualquier cosa, sino mis adorados, maravillosos, fantásticos bombones belgas. Podían haber sido flores o conguitos de chocolate, uno de los pocos dulces que, misteriosamente, no me gustaba. Pero no, Thomas me regalaba bombones belgas. Este chico leía el pensamiento.

Precisamente ése era el problema. Las flores no lo hubieran sido, pero estas cositas que ahora tenía en la mano, tan inocentes y primorosamente envueltas en celofán, eran una amenaza. Una amenaza de 150 calorías o más por unidad.

Tenían que quedarse en el despacho. Estaba más claro que el agua. En la caja con ruedas, en el estante de más abajo, atrás del todo. Y, sencillamente, no pensar en ellos. No pensar en ellos. ¡No pensar en ellos!

—Tiene gracia —dije yo sosteniendo el paquetito con las dos manos—, son mis bombones favoritos. De verdad. ¡Qué casualidad! Y por eso la caja se queda sin abrir: son para mí y sólo para mí.

Mientras la caja estuviera cerrada, me parecían algo menos peligrosos.

Cosa que tampoco servía de mucho, porque esta casa estaba repleta de comida. Primero detecté algo con un terrible olor a pizza, y cuando, hacia las cuatro de la tarde fui a la cocina con mi vaso de zumo de naranja, zanahoria y kiwi (el quinto más o menos), porque había oído hablar y reír, vi a Marie, Heidrun y Thomas sentados a la mesa: la tertulia del café.

—Ah —dijo Marie—. Qué bien que te veo, Vicky, por poco lo olvido. Michael me ha llamado y me ha pedido que te dijera que hasta el fin de semana seguramente no vuelve por el despacho. Que por lo de la cita siempre podrás localizarle aquí, pero que va a intentar llamarte a casa.

Me entregó un papel en el que, con un rotulador negro gordo, estaba anotado un número de teléfono móvil.

¡Vaya corte! Ahora todos sabían que la nueva ya se había liado con uno de aquí.

—Siéntate con nosotros —dijo Marie señalando la silla libre que tenía a su lado—. Thomas nos ha contado que ya te has hecho amiga de Josef. ¿Te gusta la tarta de cereza?

—Gracias, pero prefiero hacerme antes un té —dije yo—. ¿Has terminado tú lo tuyo? —pregunté por encima del hombro en dirección a Heidrun para desviar la atención del tema Michael.

—Acaba de salir por e-mail. ¡Por suerte! Las próximas semanas no quiero oír una palabra sobre la superación de un trauma. —Cuando estaba contando que todo estuvo a punto de irse a pique porque un entrevistado de los más importantes había dicho que no en el último minuto, oí sonar mi teléfono.

¡Michael!

Eché a correr hacia mi despacho.

—¿Wildmüller?

—¡Vicky! Enhorabuena. Tienes a Verena casi a tus pies: las ilustraciones del texto han salido fantásticas.

Di las gracias cortésmente e hice tres cruces. También hubiera podido salir mal. Al fin y al cabo, no sabía bien cuál era el estilo que les gustaba. Pero parece que había dado en el clavo, aunque el parto hubiera sido extraordinariamente difícil.

—Y para que no pierdas la práctica, hace dos segundos que te he mandado por fax los textos para las columnas de servicios. En realidad puedes ilustrarlo como quieras. Bueno, la historia de los hongos genitales en las preguntas sobre sexo, quizás mejor que no. Aunque, un champiñón gordo simbólico, quizás... —Helen emitió una risa afónica por la línea.

—Vamos a ver qué sale —dije yo—. Pero dime, oye, no me imaginaba que ya estabas de nuevo en tu despacho. ¿Lo habéis pasado mal?

—Peor —suspiró Helen—. Tuve que irme un día antes, porque si no habría habido muertos: uno de ellos o yo.

Resultó que «ellos» eran sobre todo pedagogas sociales extenuadas, catedráticos de instituto y esposas de dentista que consideraban el ayuno como un dogma de fe y adolecían de una aguda «fobia a las calorías», según lo formuló Helen.

—Chusma, te lo digo yo. Durante todo el día eran incapaces de hablar de otra cosa más que de la salud del intestino y las grasas, las plagas del mundo civilizado. Me sentía como encerrada entre una mezcla de Weight-Watchers y Cienciología.

Solté una carcajada al auricular, coloqué los pies sobre el escritorio y me puse a hacer cábalas sobre cómo Helen, la pelirroja alegría de vivir en persona, tuvo que desconcertar a todos estos fanáticos del ascetismo de labios estrechos.

—Heiner lo llevaba mejor, él es más tolerante, pero a mí me dejaron medio loca —dijo Helen enardecida—. El principal tema de conversación era un gurú de las dietas: Hunz, Hatz, Pluntz, algo así, el nombre por suerte ya se me ha olvidado. Bueno, sea como sea, él dice que si uno se alimenta como es debido puede durar cien años. Pero, Vicky, créeme, yo prefiero morirme más joven a cambio de vivir por lo menos a gusto.

La oí encender un cigarrillo.

—¿Y la comida? —pregunté yo entre medias.

—¿Qué comida? ¡Estábamos allí para ayunar, Vicky! Es verdad que tenían precios de restaurante de cinco estrellas con cocinero condecorado con el Bocuse d'or, pero por la mañana sólo había té, el resto del día agua y zumos y por la noche una sopa de verduras aguada que todos comían devotamente. A partir del segundo día tenía un dolor de cabeza espantoso, la lengua pastosa y un hipo continuo.

Más cosas sobre el martirio de Helen. Me contó también que, cuando una mujer la vio encender un cigarrillo en la terraza, le echó en cara que seguramente le faltaba convicción. La relación entre ella y Heiner había sido bastante tensa («Él decía que no debía enfadarme de esa manera con la gente»), y el aburrimiento insoportable («En la habitación no había ni un televisor»).

—Por lo menos les di que hablar en ese estercolero. Una vez estaba yo en la sauna, allá arriba, medio a oscuras, cuando entraron dos mujeres. Ya sabes, de esas que a los cincuenta años casi se matan para aparentar treinta y cinco, y sin embargo no pueden hacer nada para evitar que su marido se tire a su secretaria que es casi menor de edad. Así que, bueno, las dos ni siquiera me ven, se sientan abajo y se ponen a hablar por los codos de cómo todas las mañanas se cepillan media hora de pies a cabeza para no tener celulitis, y luego, una de ellas se tira de la piel por encima de los huesos de la cadera y dice que eso son «michelines» y que tiene que adelgazar por lo menos tres kilos antes de atreverse a ir a una recepción. ¡Recepción! Creí que me moría.

La cosa terminó con Helen levantándose (¡sin cubrirse con una toalla!) y abandonando la sauna con un alegre: «Que tengan buenos días».

—Se quedaron con la boca abierta: un culo tan gordo contoneándose por ahí y encima ¡¡¡sin toalla!!! —Helen se rió de tal manera que se atragantó con el humo del cigarrillo y me tosió enérgicamente al oído.

—En fin, mucho ruido y pocas nueces —dijo cuando se recuperó de nuevo—, yo estoy otra vez aquí y Heiner se ha quedado una semana más por consejo del médico. Quizás sea más fácil para él si no tiene a su lado a alguien que no para de protestar.

Seguramente. Como protestona Helen no carecía de facultades. Cuando colgué, yo también pensé por un momento que este ayuno era realmente un desastre y que los bombones de allá abajo en la caja deslizante eran la redención para mi estómago vacío. A lo mejor debía hacer algo para mejorar mi actitud, en lugar de pasarme la vida dándole vueltas a mi papada. Volverme como Helen: tan segura de mí misma, tan divertida, viviendo con tanta alegría. Por lo menos un poco.

Volví de nuevo a la cocina y les conté a los demás la peregrinación de Helen al desierto de las calorías.

—¡Genial, eso me gustaría a mí verlo en una película! —dijo Thomas riéndose.

Y Heidrun dijo que ayunar era una completa idiotez si se quería adelgazar:

—Al cabo de una semana se han perdido cinco kilos, pero sobre todo de agua y después el cuerpo se empapa como una esponja cuando le vuelven a echar algo. Una amiga mía hace años que lo hace y también hace años que cada vez está más gorda.

Herejes, herejes, herejes.

¿Pero qué me importa a mí ahora lo que pase después de la noche del sábado? La prioridad número uno era que mis mofletes se rebajaran en día y medio. Con esponja o sin esponja.

Marie y Thomas colocaron los cacharros en el lavavajillas y yo jugué con Heidrun una partida de tenis de mesa, antes de desaparecer todos en nuestros despachos para trabajar otro poco.

Delante de mí, en la pared, estaba colgada la nota con el número de teléfono de Michael. ¿Debía llamarle? Y si iba a llamarle, ¿cuándo? Hoy seguramente daría la impresión de demasiada ansiedad. Si le llamaba, que fuera mañana. El jueves estaría bien.

Aún faltaba mucho tiempo hasta mañana por la noche. Decidí ir a nadar después del trabajo para pensar en otra cosa. Diez largos, mil metros, por lo menos. ¿Cuántas calorías se quemarían con eso? Quizás trescientas. Seguro.

¿O sería mejor que llamara a Michael mañana a mediodía? Porque de noche sería ya un poco tarde. Al fin y al cabo, la fiesta iba a ser el sábado por la noche. Por otro lado, si llamaba mañana por la noche, o incluso el sábado por la mañana, me haría parecer bastante dueña de la situación. *Cool.* Al estilo «Bah, ¿qué necesidad tengo yo de andar detrás de un cantamañanas?».

Y yo, ¿por qué no era capaz de ser *cool* de verdad?

11

Al borde de un ataque de nervios

Lo de ser *cool* lo mantuve hasta el jueves a las dos y media de la tarde. Quizás hubiera podido aguantar más, pero el que llamó a esa hora fue Michael.

Volvió a dar las gracias por la comida, habló de sus preparativos para Vietnam:

—Desodorante para la jungla, comprar una redecilla contra los mosquitos, llenar el botiquín de viaje, y todas esas pequeñeces, ya sabes.

Naturalmente, yo no sabía con qué solía cargar un reportero gráfico cuando iba a Asia, pero no dejé que se me notara; me hice la informada.

—¿Vais a Van Canh, esa aldea de la amistad cerca de Hanoi? —Investigando en Internet para el viaje de Michael, había tropezado con este proyecto, puesto en marcha por un veterano estadounidense, en el que se atendía sobre todo a niños contaminados con dioxina. Espero que mi pronunciación del nombre fuera aceptable.

—Ése es nuestro principal destino. Pero, ¿tú de qué conoces Van Canh?

El nombre lo había pronunciado bien.

—¿Te interesa el tema?

—Claro, no me digas que no es interesante —dije yo, y no exageraba: al navegar me quedé clavada leyendo el artículo. Que no llevaba más de unos días ocupándome de ello, naturalmente, me lo callé.

Michael también me contó que estaba muy nervioso, porque un viaje así te agota también psíquicamente, antes de que, de un segundo a otro, de repente tuviera prisa:

—Oye, tengo que dejarte —dijo—. Pero a ver si el sábado quedamos un poco antes: calentamiento, por así decirlo, y luego vamos juntos a esa fiesta. ¿Te parece bien a las ocho?

Me pareció muy bien y lo del calentamiento lo encontré arrebatador. Quedamos en el Hana Bi, un bar bastante *chic* justo a la vuelta de la esquina de la galería de Gerald.

—Bueno, hasta la vista —dijo Michael—. Me alegro de hablar contigo, ¡*ciao*!

—Y yo de hablar contigo.

Me alegro de hablar contigo, calentamiento, ¡hay que ver qué enterada estás!: Una y otra vez murmuré para mí estos retazos de conversación. Como un molino de oración tibetano: «Me alegro», «calentamiento», «pero qué enterada estás». ¡Bingo!

Tan bingo que hasta me perdoné la baguettina que, a causa de un ataque de debilidad disciplinaria, me concedí en la pastelería hacia las cinco de la tarde. Al fin y al cabo —así justifiqué ante mí misma la pequeña tregua en el ayuno—, si en mi estómago no hubiera caído nada sólido, seguro que hubiera sucumbido a los bombones belgas. Y esto hubiera sido mucho, mucho, vamos, cinco mil veces peor que la baguettina.

Además, la tarde anterior me había machacado a fondo en la piscina y me había hecho los malditos mil metros, a pesar de que ya hacia la mitad me dolían unos músculos que hasta entonces no sabía ni que tenía. Después me sentí como una heroína: exhausta, fallándome las rodillas, pero orgullosa como nunca.

Desgraciadamente, más tarde la baguettina resultó ser un fallo, porque, en vez de tranquilizarse, mi centralita del comer se puso en marcha continua: otra más, otra más, otra aún entra. Fue duro, pero me mantuve firme. Me concentré en repetir las palabras de Michael y en el trabajo para Helen.

Hasta ahora podía estar completamente satisfecha conmigo misma: en *Beauty-News* busqué una noticia sobre el aumento de operaciones de pecho entre las adolescentes de California y pinté una rubia con corrector dental y nariz respingona a la que el pecho le reventaba el uniforme de colegio. No muy distinta de Britney Spears.

Mordisqueé el lápiz.

—¿Y? ¿Te vas acostumbrando ya un poco? —Heidrun, apoyada en el marco de la puerta, se quedó de pie.

—Al menos la cosa promete —dije señalando con el pulgar la ventana que tenía a mis espaldas—, y, desde luego, el panorama es inmejorable: toda la ciudad a la vista, con la torre de televisión. Pero, ¿por qué no entras?

Heidrun se sentó en mi sillón de visitas: un armatoste de mimbre con un cojín de color amarillo limón que mi abuela me regaló unas Navidades. A simple vista no era precisamente atractivo, pero sí muy cómodo.

—¡Qué bien que vuelva a haber alguien aquí! —dijo Heidrun.

—Tampoco habría sido tan difícil encontrar a un inquilino, por este dinero y estando donde está.

—No, eso no, pero, al fin y al cabo, no queríamos a cualquiera. Mujer, que no fuera periodista y que le cayera bien a la mayoría: fue más complicado de lo que habíamos pensado. Además, también estábamos un poco mal acostumbrados por tu antecesora Susanne. También ilustradora. Por cierto, ella fue la que pintó los peces y los cuadros de la cocina. —Heidrun siguió contando que Thomas y esa Susanne habían fundado la oficina hacía cuatro años y que ella se les había añadido un poco después.

Heidrun conocía a Thomas de unas prácticas que habían hecho los dos en un diario de Sajonia. Pero poco después de conseguir el puesto de redactor, él comenzó a trabajar por cuenta propia y se fue a Hamburgo, mientras que Heidrun se quejaba:

—Corregía noticias locales hasta la saciedad y me casé con el hombre de mi vida. Sólo que medio año después de casarme lo encontré en la cama con mi mejor amiga. —Heidrun se colocó su minifalda de cuadros escoceses—. Yo siempre había pensado que estas cosas sólo pasaban en las películas y en las revistas femeninas.

—Mierda —dije yo—. Una cosa así no se la deseo a nadie.

—De verdad que no. Por otro lado, mejor darse cuenta demasiado pronto de que has caído en las garras de un cabrón, que demasiado tarde. ¡Imagínate que hubiéramos tenido un hijo! Sencillamente, todo fue demasiado rápido. Sólo hacía tres o cuatro meses que nos conocíamos cuando corrimos al registro civil. Pero entonces eso a mí me parecía tan romántico... Menuda idiotez a mis años, que ya eran veintisiete.

Thomas había sido su testigo de la boda y después de la separación la convenció de que viniera a Hamburgo para empezar de nuevo y esas cosas.

—En fin, y lo conseguí. No me puedo quejar: en el trabajo va todo bien, y desde hace un año estoy de nuevo en buenas manos. ¿Y tú? Te estoy machacando los oídos con tonterías...

—No te preocupes —dije yo—, pero de mí no hay mucho que contar: nací en Bremen, vine a Hamburgo a estudiar, soy ilustradora por cuenta propia desde hace dos años, desde hace seis meses estoy sin pareja, nunca estuve casada, no tengo hijos, no tengo animales de compañía, pero, en cambio, tengo una fuerte alergia al polen de abedul.

—¿Te hubiera gustado tenerlos? Hijos, quiero decir.

—Para empezar me conformaría con una bonita historia de amor pasional, y, como todos sabemos, encontrar eso es más difícil que hacer niños.

Heidrun volvió los ojos al cielo:

—¡A quién se lo vas a decir! Yo me felicito todas las mañanas a mí misma por estar con Jan y no tener que andar más de caza.

—Hasta ahí también a mí me gustaría llegar... Dime, ¿y Thomas y esa Susanne estaban juntos?

—No, sólo eran buenos amigos. Nada de historias de amor en la oficina. No trae más que problemas. Por otro lado, las cosas vienen como vienen, ¿o no?

Humm, ¿no percibí no sé qué tonillo en su voz? ¿Sospechaba algo? Bueno, y si lo suponía ¿qué? Si Michael y yo de verdad... después de todo, oficinas hay miles.

—Bueno, ahora prefiero volver a mi mesa de trabajo, si no me vuelvo a tirar medio fin de semana otra vez aquí. Gracias por la conversación tan agradable y si tienes ganas de palique, puedes venir a verme cuando quieras. —Heidrun se levantó y regresó a su despacho.

Cuando la mañana del sábado me coloqué debajo de la ducha, de los seis dibujos ya había terminado cuatro y, además, había añadido dos rondas completas de natación vespertina.

Entre medias, jugar algo con Josef, tenis de mesa con Thomas (tres juegos a dos para mí) y, después del trabajo, un café en Rosa's con Marie y

Heidrun. Siempre pensando en Michael, como una alfombra mullida sobre la que podía volar.

«Esta oficina es realmente la mejor idea de los últimos cien años», pensé mientras me depilaba las piernas con la Lady-Shave, retirando el vello tira a tira con la espesa, blanca, espuma de afeitar. Todos los de la oficina me resultaban tan familiares como si los conociera desde hacía tiempo: Marie, con esa voz alta y grave, de la que yo siempre me preguntaba cómo podía caber en su cajita torácica. Heidrun, siempre con un cigarrillo detrás de la oreja, siempre tomándose el pelo a sí misma y tratando de enseñar a Josef a bailar salsa. Para morirse de risa: Heidrun contonea el trasero y compite con Josef a ver quién aúlla más. Y Thomas. Me parecía listo, muy listo. Cómo miraba con sus ojos tan azules. Como si lo supiera todo, como si lo entendiera todo.

Me parecía estupendo ir todas las mañanas a un sitio donde había gente simpática, con la que se podía hablar pero sin que hubiera la obligación de hacerlo. Un poco como una nueva familia. Ahora sí. «Mejor imposible», pensé mientras, silbando, me frotaba los talones con una piedra pómez sin estrenar.

Cuando Usch llamó al timbre por la tarde, hacía tiempo que se me había pasado la euforia.

—Usch, no tengo nada que ponerme.

—Primero, hola —dijo entrando en casa por delante de mí—. ¡Oh, la, la! —exclamó Usch chasqueando la lengua, parada delante de la montaña de ropa que había encima de mi cama—, parece que alguien ha tenido mucho trajín aquí.

Le contesté que, en ese momento podía soportarlo todo menos dichos estúpidos, y que ya no me quedaba ninguna gana de ir a la mierda de fiesta y que, de todos modos, todo daba ya igual, nada tenía sentido, mi ropa menos que nada y yo, para qué hablar:

—Parezco el culo de un mono. —Después se me quebró la voz. Bajé la mirada y empecé a manosear el cinturón de mi albornoz de felpa para que mi mirada no se encontrara con la de Usch.

—Vamos, anda —me consoló Usch—, no será para tanto. Lo único que tienes tú es miedo escénico. ¡A ver todo lo que hay aquí! —Usch no se había hecho maestra por casualidad. Se desenvolvía de maravilla en los casos difíciles de cerrilismo.

Me senté en el suelo y no quise saber nada más. Ahora estaba Usch allí y, por lo tanto, ella era la única responsable de todo.

—¿Por qué no te pones estos pantalones negros estrechos? —Usch los sacó del montón tirando de una pernera y los sostuvo en alto como un trofeo—. Están muy bien. Bueno, desde luego tendrías que plancharlos...

—En esos ya había pensado yo. —Volvía a tener cuatro años y era muy, muy cabezota—: ¿Y arriba? ¿O voy a ir medio desnuda?

En lugar de decirme que a ver si me esforzaba un poco, que ella no tenía ninguna culpa de esta calamidad y por eso tampoco estaba dispuesta a dejarse tratar tan mal, Usch hundió de nuevo las manos en el montón de ropa:

—Blanco. El blanco siempre queda bien. Y negro con blanco también.

—La blusa tiene una mancha de vino tinto, ¿no la ves? —señalé en dirección a la manga derecha—. Además, si me pongo eso parezco la misma de siempre. Y yo quiero tener un aspecto especial.

Usch no dijo nada y siguió buscando.

—¿Azul claro con negro? Un poco cursi, ¿no? Pero, esto, ¡eh, Vicky!, esto es fantástico. —Usch también hubiera podido ser una excelente animadora de viajes de aventuras a Hunsrück. Con una cara de «baby, vamos a Río», sostuvo un *body* negro sin mangas y profundo escote en V delante del pecho y amagó unos insinuantes pasos de samba con el *body*. Había sido una de esas compras tontas: me costó un ojo de la cara y no me lo había puesto nunca.

—¿Te has vuelto loca? Con estos brazos fofos...

—Bueno, entonces te pones un *blazer* por encima —me interrumpió Usch antes de que pudiera desahogarme a gusto.

—Pero yo quiero algo por encima de la cintura del pantalón y el *blazer* me dará demasiado calor.

Y así siguió la cosa. Usch proponía («¿y una falda?»), y yo encontraba argumentos en contra («¡Pero no tengo nada para ponerme ARRIBA!»).

—Mierda —capituló por fin dejándose caer en la cama.

—¿Ves? —dije yo—. ¡Qué más da! Me pongo el jersey negro. Negro con negro, así no me equivoco.

Ya me ha visto así, porque es lo que me pongo siempre, pero... ya te lo he dicho, qué más da.

Si los amigos y la familia hubieran revelado mis secretos más íntimos en un *talkshow*, no me hubiera enfadado más. Usch, en todo caso, estaba tan alarmada, que se levantó de un salto:

—Vuelvo enseguida, espera —y desapareció.

Oí tabletear sus tacones escalera abajo. Aproximadamente media hora más tarde apareció de nuevo, balanceó una pequeña bolsa de viaje azul y abrió la cremallera como si por arte de magia fuera a sacar una pareja de palomas. ¡*Voilá*! Sacó blusas, camisetas, túnicas, que había cogido en su casa y las colocó, ordenadas, encima de la cama.

—Ahí desde luego no hay nada donde yo pueda entrar —me lamenté.

—Ahora te pruebas estas cosas, si no quieres que me enfade en serio —me ordenó Usch—. Algo te servirá. Yo tengo mucho más pecho que tú, por si aún no te habías dado cuenta. Si no encontramos nada, después puedes lloriquear. ¿Entendido?

Exactamente el tono que yo necesitaba en ese momento. Me puse el pantalón negro y probé varias combinaciones. La ropa de Usch era, de verdad, bastante estrecha.

—Perfecto —dijo Usch cuando por último le presenté su nueva blusa rojo amapola de la prueba didáctica.

—Pero con esto se me ve mucho el culo. ¡Es demasiado corta! —Tiré y tiré de ella, pero a la altura del trasero, la tela se acababa irremediablemente.

—Sí, pero entonces se ve por lo menos la cintura tan bonita que tienes. Te tapas siempre demasiado. A mí me parece que estás super sexy.

—¿Vulgar?

Usch entornó los ojos:

—¡No, muy bien, he dicho muy bien!

—Pero...

—Santo Dios —jadeó Usch—, te puedes liar ese estúpido jersey negro a la cadera si es lo que quieres. Aunque a mí me parece que da al traste con la impresión que quieres dar. Atrévete alguna vez a algo. Y... —Usch dio un paso atrás y me miró escrutadora de arriba abajo y de abajo a arriba—. Dime, ¿has adelgazado? ¿Sí o no? Me estoy dando cuenta ahora.

Decir que me sentí halagada hubiera sido quedarme muy corta. El corazón me brincaba como sólo un «¿has adelgazado?» lo puede hacer brincar.

—Sí, un poco, creo —dije yo, sin duda poniéndome colorada, le hablé de las mil calorías, del recuento de grasas y de los largos de piscina.

Me dejé puesta la blusa roja, que, por cierto, iba de maravilla con mi laca de uñas. Usch recogió sus blusas y camisetas, y yo eché los trapos en el armario.

Cuando, finalmente, estábamos las dos sentadas en la cocina, sonó el móvil de Usch. Miró el visor y se le iluminó la cara. Nils.

Un poco de «sí», «humm», «¿cómo no?» y risas.

—Suena muy distendido —dije cuando Usch terminó de hablar.

—Parece que se ha recuperado. Ya no habla de su ex, ni hace declaraciones distantes, sencillamente es cariñoso. Y mañana por la mañana nos vamos de viaje a celebrar el setenta cumpleaños de su madre. —Me miró feliz.

—Humm, ¡oficialmente! ¡Fabuloso! —Me alegré por Usch. Lo único malo era que al día siguiente no iba a poder contárselo todo con pelos y señales.

Antes de salir juntas de casa, me lié el jersey a la cadera, lo que me valió un «tú no tienes arreglo» de Usch. Pero los dos botones de arriba de la blusa los dejé desabrochados.

12

Ayla

En el Hana Bi encontré a Michael ya sentado a la barra, bebiendo a sorbitos Prosecco y hablando con el camarero, que tenía más o menos el aspecto que se le supone a un camarero de un bar fino de ese ambiente: calva, barba de tres días, camisa negra de Helmut Lang, y un *piercing* discreto en la ceja.

Michael también iba de negro de pies a cabeza: un elegante pantalón de traje, camiseta estrecha con escote de pico y Nikes. Entre una cosa y otra, bastante pijo.

Cuando me vio, se levantó y estiró los brazos. Besito a la derecha, besito a la izquierda, quitarme la chaqueta y dejarla en el guardarropa.

—¡Uy, bonita blusa! El rojo es tu color —dijo Michael. Me rozó la espalda cuando me senté a su lado.

Invita a Usch a comer, me dije.

Después de los primeros tragos de vino blanco

enseguida me sentí bastante alegre. No era de extrañar, al fin y al cabo, caían en un estómago casi vacío.

Michael quiso saber quién era Gerald, si también exponía fotos en su galería y qué gente iba a ir. Me preguntó cómo me encontraba en el despacho y contó, sin esperar mi respuesta, que su oficina no tardaría en quedarse libre.

—¿???

—Voy a alquilar un estudio con un colega: un espacio gigantesco, y luego dos salas pequeñas para la cámara oscura y demás, cocina e incluso una ducha. Es bastante caro, desde luego, pero una cosa tan *chic* podremos alquilarla a productoras de cine o a otros fotógrafos.

Mi entusiasmo se mantenía limitado. Michael quería irse:

—¿Cuándo?

—El mes que viene. Pero aún tengo que decírselo a los demás; hasta ayer no estuvo decidido. Pero tienes que venir a visitarme, ¿eh? Seguro que te gustará.

Michael hacía planes para el futuro.

De un humor excelente y ya algo bebidos, hacia las nueve y media entramos en casa de Gerald. El jersey lo dejé en el guardarropa con la chaqueta.

—Hola, guapa —me saludó Gerald—, *chic*, *chic*. —Y mientras me daba un beso en la mejilla, susurró—: Un tío muy guapo ¿quién es?

—Hace poco que lo he conocido —respondí yo susurrando también.

—¡Que os divirtáis! Vicky, tú ya conoces esto.

A la derecha están las bebidas, a la izquierda hay *sushi*, a partir de las doce habrá baile y el arte lo tenéis en las paredes. Se permite comprar. —Gerald había juntado la fiesta y la inauguración de una nueva exposición de pintura.

Saludé a unos y a otros, di besitos y me sentí muy *cool* mientras, con Michael, me movía pausadamente por las dos grandes salas. Muchas minifaldas, muchos trajes, pero de vez en cuando también el estilo de pedagoga social, con lino color musgo, pañuelos en la cabeza y monstruosos collares de bolas de madera. Multitud de gafas de piloto con cristales rosas y azules e incluso un par de sombreros de *cowboy*.

Habría cerca de ochenta personas. Miraban los cuadros o charlaban en pequeños grupitos junto a las mesas de pie, encima de cada una de las cuales había un florero estrecho con una cala y una lámpara roja como las que se ven en las tumbas. Si hubiera pasado por delante de la fachada de cristal de la galería, sin duda habría pensado: «Ojalá me invitaran a entrar ahí».

Alfred me saludó por señas desde el *buffet*. Un amigo de Gerald. Antiguo bailarín de ballet y creador de moda, que tenía debilidad por Prada, el tango, el aguardiente italiano y las rubias con el pecho grande. Estas dos últimas pasiones no tardarían en llevarle a la sepultura, como le había profetizado su padre hacía ya cincuenta años, me contó una vez Alfred. «Pero, como ves, aquí estoy todavía».

También ahora estaba acompañado por un bellezón despampanante que llevaba botas por la rodilla imitación serpiente y un corto vestidito lila.

Una escena muy divertida, porque la nariz de Alfred quedaba colgada más o menos a la altura de su escote de volantes. Parecían entenderse bien y la rubia había echado cariñosamente un brazo sobre los hombros de Alfred.

Cuando me vio, se le iluminó la cara de alegría e hizo una seña con el pulgar hacia arriba.

—¿Qué verá esa loca pintarrajeada en ese enano contrahecho? —dijo Michael con demasiado desdén, pero yo decidí ignorar la observación y, sonriendo, le devolví a Alfred el saludo.

Camino del *sushi*, intercambiamos unas palabras con Hans, que nos habló de las dificultades al preparar la fiesta: hizo unas muecas delante de nosotros, imitó a los según él, medio lelos proveedores de bebidas, a los pinches de cocina japoneses y a Gerald al borde de un ataque de nervios. Entre medias se doblaba de risa y nosotros también.

—Un tipo simpático —dijo Michael, y yo me sentí feliz de verdad. Aunque en realidad tenía que estar muerta de hambre, sólo cogí una microscópica ración de *sushi*: dos pinchitos con quisquillas y dos pinchitos de rollo de calabaza, cangrejo y huevo, más una miajita de arroz para acompañar. No quería más. Con esto me llegaba de sobra. Esto y sentarme con Michael en la escalera y llevarnos los pinchos a la boca con los palillos.

Michael se había llenado el plato hasta el borde.

—Podría comer *sushi* hasta reventar —dijo con la boca llena y recogiendo con la lengua un grano de arroz de los labios—. Prueba los que llevan huevas encima. —Michael me ofreció el pincho con su palillo. ¡Con su palillo!

Y entretanto era ya tal el ruido de la música *trip-hop* y del vocerío, que, para poder entendernos, tuvimos que hablar pegados el uno al oído del otro. Cada vez que Michael me decía algo se me ponía la piel de gallina.

—Antes a esto lo llamaban psicodélico —dijo Michael señalando un cuadro de gran formato que estaba colgado justo delante de nosotros en la pared de enfrente: tonos naranja de colores solares que iban casi hasta el beis estaban volcados de tal manera sobre el lienzo que si se miraba durante algún tiempo, casi se le saltaban a uno los ojos—. Podría ser un cartel publicitario para viajes con LSD —dijo, y yo me reí.

—¿Qué andas contando esta vez, Mike? —oí decir de repente a una voz grave.

Era la voz de una mujer gigantesca, por lo menos tan alta como Michael, con pelo desgreñado y teñido de color fucsia y unas cejas finas como líneas. Estrecha como un chico y con un pecho más o menos igual de plano, cosa que, con la camiseta interior de caballero que llevaba con el estómago al aire, apenas se disimulaba. En cambio, unos bíceps como Madonna y unas caderas anchas y huesudas. En una película *road movie* sería la novia del gánster que se deshace a balazos de todo el que le cae mal.

Dio un paso hacia Michael y le plantó un beso en la mejilla. A mí no me hizo ni caso.

—Ayla —dijo Michael, en un tono que sonaba como si después de mucho buscar, acabara de descubrir una playa del Caribe blanca como la harina—. Preciosa, hubiera debido imaginarme que te iba a encontrar aquí. Ah, sí, ésta es Vicky, una compañera de la oficina.

Ayla hizo una seña mientras me miraba y yo traté de componer una sonrisa lo más franca posible, cosa que me resultó difícil: a mis oídos «compañera de oficina» no había sonado ni la mitad de bien que «Ayla».

Michael me hizo un pequeño resumen de cómo la había conocido, algo de un reportaje fotográfico para una revistilla de moda de Berlín.

—¿Eres modelo? —pregunté yo por no estar allí como un maniquí de escaparate.

—Lo fui —dijo Ayla encendiendo un cigarrillo con aroma de clavo que olía que tiraba para atrás. Su voz me pareció bastante arrogante—. Pero no me apetecía ya nada y ahora me dedico a maquillajes para el pelo y algo de *styling*.

«Seguramente no había nadie que te quisiera contratar», pensé yo, mientras escuchaba sonriendo interesada. No la podía soportar. Aunque sólo fuera porque se dirigía exclusivamente a Michael para contarle algo de «Dennis e Yvette y Ko Samui». A mí nadie me explicaba quiénes eran Denis e Yvette. Y Michael estaba pendiente de sus labios.

Se rieron. Yo creo que hablaban de peces. Ayla sonrió a Michael con esa sonrisa de «fóllame», sin dejar ver los dientes. Con la cabeza ladeada, una auténtica mirada de cama.

El globo rosa en el que yo me había mecido toda la noche reventó. Adiós al ensueño. Y yo me transformé de nuevo en la tímida, pequeña «Vicky culo gordo». De repente me vi espantosa, «de andar por casa» con mi blusa roja prestada. Desaliñada. Desaliñada y patosa. Y esta laca de uñas roja. Penosa elegancia de suburbio. Estilo para pobres. Ayla se envolvía sólo en esos vaqueros raídos y esa camiseta de abuelo, y resultaba *cool*. Sexy. Incluso con su minipecho y esas caderas sobre las que se hubiera podido ir en trineo.

Quería decir cualquier cosa para que ellos se dieran cuenta de que yo aún estaba allí, pero no se me ocurría nada. Nada realmente divertido ni genial, algo que pudiera impresionar a Michael como le impresionaba Ayla. En mi cabeza todas las palabras que una vez había aprendido revoloteaban sin ton ni son y no conseguían formar las frases brillantes que hubiera querido pronunciar. La boca la tenía tan seca que apenas podía tragar.

—Voy a buscar algo para beber —fue lo único que se me ocurrió—. ¿Queréis algo más?

—Yo estoy bien servido por ahora —dijo Michael señalando su copa de Prosecco medio llena.

—Muy amable, pero para mí tampoco nada, de momento —dijo Ayla.

Lo único que querían era perderme de vista. Eso estaba completamente claro. Mensaje con guante de terciopelo: «Piérdete, y no te des prisa en volver».

Me entraron ganas de llorar. Por qué, maldita sea, había hecho caso a Usch y no me había puesto el jersey alrededor de la cadera. Ahora iba a tener que volverle la espalda a Ayla y ésta pensaría:

«¡Tiene un culo como un pandero, la tía!». Lo mismo hasta se lo decía a Michael y, en el mejor de los casos, él contendría la risa sólo por mera amabilidad.

Si por mí hubiera sido habría ido hacia la salida de lado, con la espalda pegada a la pared. Pero eso habría sido aún más penoso. ¿Por qué no podía quedarme quieta, hablar, reírme, en lugar de salir estúpidamente como una adolescente resentida?

¿Habrían notado algo? Seguro. Había hecho el ridículo. ¡Otra vez! Sencillamente a mí no me salía. Todos podían ser geniales. Todos, menos yo. Me sentí tan sola entre tanta gente.

—Vickita...

Había puesto rumbo justo a donde estaba Alfred, sin verle ni a él ni a nadie más.

—Alfred —dije—, me alegro de verte. ¿Dónde está la rubia de antes? —Ojalá que mi voz no temblara. Y ojalá que Alfred no me diera un golpecito en la mejilla. Eso lo hacía de vez en cuando y a mí me parecía simpático, pero esta vez me hubiera sacado definitivamente de mis casillas.

No lo hizo y, en cambio, me contó que ahora daba clases de tango y que la chica de su curso era «muy fácil de llevar...». Aunque le hice preguntas, apenas escuchaba sus respuestas. Por el rabillo del ojo miraba a Michael y a Ayla.

—¿Conoces a la chica? —le pregunté a Alfred.

—No la he visto en mi vida. Y el chico, ¿ha venido contigo? ¿Es un amigo? —Alfred me miraba y sonreía con su sonrisa cálida. Seguro que lo sabía todo.

—Un compañero de la oficina que me ayudó en el traslado.

En el otro extremo de la sala vi a Ayla poniendo el brazo sobre el hombro de Michael y echando hacia delante el armazón de huesos de su cadera. «Eres mío, pequeño», decía el gesto, y Michael reía sardónicamente, como Tom Cruise en *Entrevista con el vampiro*.

Una hora más tarde habían desaparecido. Volví a verlos cuando fui al lavabo en el primer piso. Acaramelados en un pequeño nicho junto a la ventana.

¿Cómo era aquello? ¿Que las modelos, la mayoría, eran estúpidas, y que Audrey Hepburn estaba demasiado delgada?

Poco después de la media noche me marché a casa por las oscuras calles. Por delante del Hana-Bi, tan abarrotado que los clientes estaban pegados los unos a los otros y la fachada de cristal parecía una empalizada de espaldas humanas.

No me había despedido de nadie. Ni de Gerald, ni de Alfred. De Michael, ese idiota, de ninguna manera. Y esa Ayla…

Olvídalo, Vicky, pensé. No vale la pena. ¿Qué esperabas? ¿Que el tipo se quedara contigo? ¿CONTIGO? Pero si tú no eres más que una del montón. Tenías que haberte quedado en casa. Tú no encajas en esas fiestas. ¡Y el numerito de la ropa con Usch! ¿Ahora qué le vas a contar?: «¿El chico con el que quedé estaba metiendo la lengua hasta la raíz en la garganta de un armazón de huesos cualquiera, con las cejas afeitadas, mientras yo, cabizbaja, me tuve que esfumar?».

Usch tenía razón. Ni siquiera ella podía imaginar en serio que de lo nuestro fuera a salir algo. Y en la fiesta todo el mundo se dio cuenta. ¿Cómo no se iban a dar cuenta? Primero estabas tú allí como grapada a ese tío, probablemente mirándole con ojos de oveja degollada, y luego él se lía con la otra. ¡Tenías que haber sido más *cool*!

Había algo en lo que desde luego yo era muy buena: sólo necesitaba cinco o, como mucho, diez minutos, para ponerme verde de tal manera que nada me apetecía más que tirarme desde lo alto de un rascacielos. ¿Que si me resistía a ensañarme conmigo misma? Para nada. Siempre hincando el diente directamente en la carne, allí donde más dolía. En vez de estar furiosa con Michael, me bombardeaba a mí misma con todas las frases degradantes que tenía almacenadas para esas ocasiones en un gran cofre de ideas lúgubres del último rincón de mi cerebro.

Al dormirme me obligué a reconstruirlo todo de nuevo. Toda la noche desfiló ante mis ojos como una película. Y después se me saltaron las lágrimas.

Me despertó el teléfono. Había bajado las persianas y estaba tan oscuro que no tenía ni idea de si aún era de noche o ya por la mañana.

Michael, pensé yo por un momento. Seguro que llamaba para preguntar adónde me había ido. ¡Bobadas! Tendría otra cosa mejor que hacer que hablar conmigo. Ayla…

Sonó dos veces, tres veces, cuatro. ¿Qué había sido del contestador automático? A la séptima vez oí por fin mi voz: «Éste es el contestador automático de Vicky Wildmüller. Por favor, deje un mensaje después de oír la señal».

Ya era hora de ir cambiando la grabación. Al fin y al cabo, ya no hacía falta que fuera tan convencional. Ahora los clientes llamaban al despacho. Primero música de Rage against the Machine y después un mensaje original.

—Vicky, coge el teléfono. Sé que estás ahí. —Era Gerald. Escondí la cabeza debajo de la almohada, tapando los oídos.

—¡VICKY, ponte de una vez! —Gerald no cedía.

—¡Vamos, holgazana, contesta! —Éste era Hans.

—Sí, ya vale —dije yo al auricular, y mi voz sonaba como si me hubiera pasado la noche bebiendo whisky y fumando puros. Carraspeé—. ¿Eh, ya en forma? —Traté de aparentar vitalidad.

—Lo de *ya* está muy bien. Es la una de la tarde. Hace sol. —Gerald contó que él apenas había dormido, que los últimos invitados se habían ido hacia las cinco de la mañana y que había vendido cuatro cuadros—. Dime..., —empezó por fin.

—¿Sí? —yo sabía exactamente qué iba a pasar ahora.

—¿Y tú, qué tal ayer? Desapareciste tan pronto. Estábamos preocupados, Hans y yo. Alfred también dijo que le pareciste un poco confusa. Y, de repente, el tío que trajiste estaba practicando la respiración artificial con esa *groupie*.

—¡Ooooh! —miré por la ventana. Era verdad que el sol brillaba y de la calle venían voces de niños—. Sí, llegamos juntos, pero parece que después cambió de rumbo. ¡Qué se le va a hacer! —Solté una risilla que incluso a mis oídos sonaba demasiado triste—. Perdón por no haberme despedido, pero sencillamente no tenía ganas.

—Mierda —dijo Gerald—, lo siento de veras por ti. Ayer por la tarde parecías tan contenta, tan animada y luego… ¡Vaya cerdo!… Bien, sólo hay un remedio: salir a dar un paseo acompañada de dos beldades como Hans y yo y expulsar esta noche de los huesos.

—¡Venga, Vicky, vamos! —sonó desde el fondo la voz de Hans.

—¡Eh! Que no soy una niña abandonada y tampoco tenéis por qué compadecerme. Estoy estupendamente, sólo que cansadísima. Me gustaría seguir durmiendo.

—Vamos, anda, no me cuentes milongas. Tú no estás bien para nada —dijo Gerald—. Te conozco. Estoy seguro de que bajas las persianas y te pones a ver *La lista de Schindler*.

Me eché a reír.

—¿Te he calado, no? Vístete, dentro de media hora estamos ahí.

Clic. Gerald había colgado.

¡Pues qué bien! Miré en el espejo mi cara con los ojos empequeñecidos de llorar. Yo no quería salir. Lo que quería era envolverme en una manta, ver *La lista de Schindler* y hacerme daño. Pero yo sabía que Gerald y Hans eran tipos obstinados. Seguirían llamando al timbre hasta que yo bajara. Así que, ¡a la ducha!

Sonaba música clásica en el coche cuando íbamos camino del Elba. El sol calentaba mi brazo por la ventana y hacía que el vello pareciera dorado. Me recliné en el respaldo del asiento. Cuero beis suave.

Gerald silbaba imitando la melodía.

—*Tosca* —dijo—. Éste es el momento en que se tira de la almena.

—Siempre que se trata de amor se pone todo así de dramático, de existencial, ¿os habéis dado cuenta? —preguntó Hans.

—El sitio del amor está en el lado de la noche de la tierra, o algo así —dije yo orgullosa de mis conocimientos de literatura. Ingeborg Bachmann.

Gerald refunfuñó, apagó *Tosca* y encendió la radio.

«Mil horas he esperado, las he contado y las he maldecido todas...» cantaba una voz triste.

—¿Te das cuenta? ¡Ése también! —dijo Gerald, y los tres nos echamos a reír.

Los chicos se portaron con mucha discreción. Ni una sola pregunta sobre Michael ni sobre mi estado de ánimo. Hubiera podido contarles, pero ellos no me presionaron. Con Bina o con Usch hubiera repasado cada detalle, cada mirada, cada frase. Ellas hubieran analizado, yo hubiera seguido analizando el análisis de ellas, hubiera adelantado tesis, las hubiera desechado, desarrollado otras nuevas de por qué la noche había transcurrido de aquella manera y qué se podía aprender de ello y así sucesivamente. Durante horas.

Y en algún momento hubiera llorado en brazos de una de mis amigas y hubiera hecho la gran pregunta de «por qué siempre yo», a la que, desde luego, ninguna de las dos me hubiera podido dar una respuesta.

Me hizo bien no hablar de ello. No machacarme con conjeturas, con autocompasión y con acusaciones. Sino sencillamente sentir que yo era importante para Gerald y Hans, que podía confiar en ellos. Sin embargo, en mi memoria se repetían las ráfagas de recuerdos de Ayla, de Michael y de todo el desastre.

Media ciudad estaba en la playa. Olía a río y, realmente, también un poco a primavera. Cogidos del brazo —yo en medio de ellos— caminamos por la arena, que me entraba en las zapatillas.

Gerald y Hans hablaron del viaje a Cuba que pensaban hacer. De La Habana, del Buena Vista Social Club, la zona donde habían alquilado un apartamento, y de los espectáculos de samba con bailarines y bailarinas de una belleza de ensueño.

—Aunque, en realidad, no es políticamente correcto al cien por cien viajar allí —terminó diciendo Hans—. ¡La política de Castro! Cuando pienso en el asunto de esos niños refugiados... —Sacudió la cabeza.

—En fin, entonces tampoco puedes ir a Turquía, ni a China. Luego la situación de las mujeres en India, y además, allí hay muchos niños que trabajan... —dije yo.

—En realidad, medio mundo es políticamente incorrecto y, desde el punto de vista de los derechos humanos, deja mucho que desear —recalcó Hans.

Gerald lanzaba piedras al Elba. Una, dos, tres…

—¿Eh? ¿Qué es esto? —Casi me caigo de espaldas cuando un perro lanudo negro se abalanzó sobre mí meneando la cola en el aire—. ¿Josef, de dónde sales tú?

Miré a mi alrededor y vi a Thomas a unos cincuenta metros, corriendo hacia nosotros. Josef daba saltos de aquí para allá, ladraba y quería jugar conmigo a atacar y salir corriendo: agacharse, saltar, ladrar.

—¡A ver si no te escapas tanto! —riñó Thomas a Josef, cuando éste se quedó junto a mí jadeando. Josef bajó la cabeza.

—Seguro que te ha visto, Vicky. Lleva todo el tiempo corriendo delante de mí y, de repente, ya ni le veía.

Presenté a los dos chicos a perro y amo, apretón de manos, hola, y decidimos ir todos juntos a un pequeño café de allí cerca porque nos pareció que ya habíamos correteado bastante. Además, yo tenía que ir urgentemente al lavabo.

Los chicos pidieron sopa *gulasch* y cerveza, para Josef agua y yo café con leche y una ración de tarta de manzana. Al fin y al cabo, desde los pinchos de *sushi* no había probado bocado.

Mientras comían y sorbían la sopa, se profundizó de nuevo en el tema Cuba. Thomas sabía bastante de ese país porque ya había estado dos veces. Sacó de la manga unas cuantas recomendaciones de restaurantes y, con los ojos iluminados, se deshizo en elogios:

—Vicky, tú también tienes que ir algún día, te gustará. En cada esquina hay algo especial. Viejos con caras como mapas, un *oldtimer* tras otro, y esos colores envejecidos que encuentras por todas partes.

—A éste le interesas —bromeó sarcásticamente Hans cuando Thomas desapareció camino del lavabo.

—Es un tipo muy simpático, de veras —dijo Gerald—, podríamos ir un día a comer los cuatro juntos.

Yo acariciaba las orejas colgantes de Josef. Thomas era simpático de verdad. Por primera vez desde la fiesta tuve la sensación de que las nubes negras de mi cabeza empezaban a desvanecerse un poco.

Al segundo café con leche, acabamos hablando de libros para niños. Yo conté algo sobre *Willi el Gusano conquista el mundo*, que Sandmann había publicado hacía un año, y hablé de la conversación con Volker Maier:

—Parece que ya no le intereso tanto. Iba a llamar algún día, pero hasta ahora, nada.

—Entonces tienes que llamarle tú, Vicky —dijo Hans dándome con los nudillos en la cabeza—. Nunca vas a ser una mujer de negocios...

—Quería esperar un poco. No les puedo asediar de esta manera. Es demasiado atosigante.

—¿Y qué pasaría si tú misma escribieras uno? —dijo Thomas—, tampoco hay que estar siempre esperando hasta que salga algo. Porque a lo mejor no sale nunca.

—Dibujar, encantada; ¿pero escribir? —dije meneando la cabeza a un lado y otro—. Yo me doy por satisfecha si puedo escribir algo en las tarjetas de cumpleaños de mis familiares sin que les asalte la duda sobre mi salud mental. Escribir no es mi fuerte, en serio.

Thomas se reclinó en su silla, se apartó de la cara un rizo castaño con el gesto de un ligón latino y dijo:

—Si no se le ocurre nada, *lady*, yo te puedo suministrar historias. —Sonrió sarcásticamente—. Al fin y al cabo, soy un narrador con un público asiduo muy exigente: mis sobrinas, de cinco, siete y diez años. Quieren oír cada cuento al menos veinte veces y enseguida empiezan a refunfuñar si se me olvida algún detalle. De momento quieren *Simi y Jimi salvan el arco iris*.

—Suena a Simmel —dijo Gerald.

—Tomé un pequeño préstamo para el título, pero el resto salió todo de aquí —explicó Thomas tecleándose la sien.

—Bueno, entonces vamos a oírlo —dije yo.

Thomas habló de una banda de hijos de las tinieblas que secuestran el arco iris y quieren sacarle al mundo entero un rescate de cajas y cajas de billetes. Lo mantienen prisionero en una cueva hasta que al fin llegan dos niños lo suficientemente valerosos para aguarles la fiesta a los individuos: la niña, Simi, y su amigo, Jimi, conocen un montón de trucos, de manera que parecen más pequeños y más débiles que los hombres, pero en modo alguno son inferiores. Al final, naturalmente, ganan los dos amigos, el arco iris pende de nuevo del cielo y Simi y Jimi pueden bajar por él como por un tobogán. Por último, aterrizan en un gigantesco balde de nata y cacao y, encima, reciben todas las golosinas que quieran durante toda la vida.

—La historia me parece maravillosa, y con los dibujos de Vicky… ¡Por supuesto que tenéis que hacerlo! —dijo Gerald, castañeteando los dedos, después del final feliz—. Es fabuloso.

—No es mala idea, ya lo creo que no —dije yo—. Serían dibujos maravillosos. Sobre todo la orgía de cacao y nata me parece una mina para la inspiración, y el contacto con la editorial ya está hecho. ¿Qué tenemos que perder, aparte de un poco de tiempo?

—Bien dicho —dijo Thomas poniéndome un momento la mano sobre el brazo.

Nos acompañó aún un trecho, camino del coche. Gerald, Hans y Josef iban unos pasos por delante.

—¿Ya estás mejor? —preguntó Thomas.

—¿Mejor? ¿Qué quieres decir? —Me quedé mirándole.

—Antes, cuando os he encontrado, parecías un poco deshecha. Tan triste y ausente. No como tú… Quiero decir, no como tú eres… Vamos, como yo creo que eres. Como en la oficina, vaya. —Thomas había hundido las manos en el fondo de los bolsillos de la chaqueta, mientras con el pie iba dando patadas a las piedras. Con la mirada clavada en la punta de sus zapatillas deportivas, como alguien que se siente incómodo por haber sido demasiado abierto.

—¿Cómo soy?

—Humm, ni idea, apenas te conozco, pero creo que eres inteligente, amable, alegre, abierta. Y te gusta bastante la vida. Si no fuera así, no te atraerían tanto los libros de cuentos y las historias del arco iris, por ejemplo.

—No suena precisamente como un atractivo surtido de bombones.

—¡Qué tontería! Poder disfrutar de la vida, gozar de ella y entusiasmarse por las cosas es lo más importante que hay. Y lo demás también…

Por suerte no tuve que contestar, porque habíamos llegado al coche. Sólo asentí.

—Hasta mañana —dije.

—Hasta mañana —dijo él chasqueando los dedos para llamar a Josef.

13

Gustarse a una misma: una excelente alternativa

Al llegar a casa oí sonar mi teléfono ya desde la escalera.

—¿Wildmüller?

—Seguro que crees que soy el mayor cabrón del mundo, ¿o no? —oí decir a la voz de Michael.

Hice un ruido indefinible.

—Al menos me porté como un cabrón —se lamentó—, por favor, no te enfades. Más tarde di una vuelta a ver si estabas, pero no te encontré, y ese Günter…

—Gerald, se llama Gerald.

—Perdón, Gerald entonces; dijo que ya te habías ido. Créeme, yo no quería portarme como un sinvergüenza. Tú me invitas, y yo voy y me enrollo hablando con otra.

Sí, exactamente, eres un cabrón, y ¿qué dice de enrollarse *hablando*? Me miré las uñas. Un cabrón tramposo, me dije a mí misma. Y, encima, arrogante. ¡Aj!, ¿qué se creerá éste? ¿«El mayor cabrón» y encima «del mundo»? ¿ Por quién se tiene?

—Pero con Ayla siempre me pasa lo mismo —siguió hablando Michael—. Esa mujer sencillamente me vuelve loco. Me olvido de todo. Se me desconecta el cerebro. ¿Lo entiendes?

—No. —No tenía intención de concederle antes de tiempo ni la más mínima absolución.

—¿Cómo ibas a entenderlo? Ni yo mismo lo entiendo. Ayla sabe perfectamente qué botones tocar y después siempre acabamos..., bueno, eso, ya sabes...

—Si es tan fantástica, ¿por qué no estáis juntos? A mí me pareció que ella también estaba bastante interesada.

—¿Ayla y yo? No, jamás. A la larga iría a parar a una casa de locos. Esa mujer está siempre acelerada, a 5.000 voltios. Además, ya tengo novia.

¿Novia? Así que, sí: un cabrón mentiroso, un fanfarrón y un tramposo de mierda. ¡Lo de siempre! Ésos eran los tíos en los que caía yo. ¡LO DE SIEMPRE, VICKY!

—¿Y qué dice tu novia si otras mujeres te «tocan los botones», o como lo llamaste tú antes? No es que me importe, pero...

—Yo no hago preguntas. Ella no hace preguntas. De otra manera no podría ser tampoco, quiero decir, tenemos una relación a distancia. Yo en Hamburgo, ella en Londres. En casos así hay que dejarse libertades, sabes, además a mí no me va ser posesivo, y a Miriam tampoco.

Me pareció que decía un montón de idioteces. ¿Libertades? ¡Qué estupidez! ¿Qué pasaba con la confianza mutua, por ejemplo? Pero eso Michael seguramente no lo hubiera entendido jamás. ¿Confianza? ¡Qué aburrido! Mejor tirarse a mujeres con cejas afeitadas que saben «tocar los botones», pero que para una relación estable no cuentan en absoluto.

—Alégrate de que no haya funcionado —dijo Usch cuando se lo conté todo por teléfono—. Yo por lo menos me hago tres cruces. Imagínate que te hubieras liado con él de verdad. Maldita la falta que te hace un tarambana como ése.

Le di la razón; aun así, hubiera querido que lo de «funcionar o no» lo hubiera decidido yo misma. Que no me olvidaran en el acto tan pronto como apareciera otra mujer en escena.

—Me había hecho tanta ilusión esa noche —dije.

—Lo sé. Te he visto, pero de todos los finales jodidos, éste es por lo menos el menos jodido de todos, ¿o no? Cuanto más sentimiento hubieras invertido más difícil te habría resultado librarte de él.

—Usch, ¿por qué siempre elijo tíos tan idiotas? —pregunté—. Parecen completamente normales y luego, bumm, se les cae la máscara y son psicópatas totales. ¿Cuál es mi fallo?

—Ni idea, pero a lo mejor deberías dejar de desear tanto que alguien se pase los diez próximos años echado en el sofá de tu casa. De cualquier manera, no puedes forzarlo. Viene o no viene. Y en primer lugar tienes que aprender a gustarte un poco más a ti misma. Entonces exigirás tú a los tíos, sin ser inmediatamente tan agradecida cuando alguien es simpático contigo. Primero tienen que demostrar que te merecen. Si están a tu altura. No al revés. Deja que te encuentren, Vicky, en vez de ser siempre tú quien busca.

Usch, la reina de las sentencias veraces. Tenía razón en todo. Y, aun así, hacía daño: tan pronto como pensaba en la noche en la galería, se me hacía un nudo en la garganta, y en el estómago aparecía esa insidiosa sensación de pena. Yo no quería ver a Michael nunca más. Nada me hubiera gustado más que se fuera inmediatamente a Vietnam y después se largara a su estúpido *loft*. Por lo menos que nadie me lo volviera a recordar. Sencillamente hacer como si nada hubiera pasado.

Imposible: el lunes por la mañana encontré a Michael con un ramo de flores a la puerta de mi despacho. Veinte tulipanes amarillos, y su sonrisa decía que realmente estaba desolado.

—Perdón otra vez, Vicky. En serio. Y, por favor, de momento no les digas a los demás nada de mi nuevo despacho, ¿vale? Quiero decirlo yo.

Acabáramos, pensé: de ahí es de donde sopla el viento. Encima, oportunista. Murmuré un «gracias», que salió tan inconfundiblemente lacónico que Michael tardó poco en retirarse con un «Bueno, hasta luego entonces».

Llamaron a la puerta justo cuando colocaba las flores en un jarrón. Después de todo, tirarlas hubiera sido una lástima.

Thomas. Puso un pequeño montón de papel sobre el escritorio.

—Para que veas que lo de nuestro libro va en serio —dijo—. Ayer por la noche ya me senté a escribir hasta que terminé la historia. Podemos empezar cuando quieras.

¡Uy! El tío era realmente rápido.

—Dentro de poco se podrá decir de mí de verdad que estoy ocupada a tope —dije mientras colocaba las flores sobre la mesa de la cocina. Y le pregunté—: ¿Jugamos una partida de tenis de mesa?

—Tú lo que quieres es verme sufrir, ¿verdad? —dijo Thomas— y fuimos a jugar.

Por la tarde estábamos todos sentados en la cocina. La cafetera roncaba echando las últimas gotas en la jarra térmica, Michael troceaba tarta, Marie repartía tazas y platos. Thomas y yo nos dejamos servir y Heidrun hojeaba una revista de papel *couché*.

—Hay que ver, este viejo anda ya otra vez con una a la que le lleva mil años —dijo enseñando la foto de un actor que yo recordaba de seriales de hospital.

—Tiene pasta —comentó Marie secamente—. El dinero hace sexy hasta a un fósil, a estas alturas eso ya lo sabemos.

—¡Bah, dinero! —le replicó Heidrun cortante—. Los hombres pueden ser más feos que un cachalote o más viejos que el pergamino y aun así encuentran una mujer, y no necesariamente la peor. Mira a Gérard Dépardieu. Con esa guapísima actriz, Carole Bouquet, o algo así. Por el dinero seguro que no va con él a la cama. Al fin y al cabo, también ella gana de sobra.

—Gérard Dépardieu está como un tren —dijo Marie.

—Eso es precisamente lo que quiero decir yo —dijo Heidrun—. Las mujeres en general tienen una mirada más compasiva y un concepto de la belleza más amplio que los hombres. Así es. ¿O podéis imaginar juntos a, digamos, Marianne Sägebrecht y Markus Schenkenberg? —Se reclinó en el respaldo y tiró la revista al alféizar de la ventana.

Silencio.

—¿Y qué me decís de Bill Clinton y Monica Lewinsky? —dijo finalmente Thomas—. *Miss* «peinado de casco» tuvo algo con el Presidente, y delgada no se puede decir que sea.

—Justo —dije yo—, y por eso también han sido el hazmerreír de todos: Big Bill y la gorda Moni, ¡qué payasada! A ella ni siquiera le creyó nadie que de verdad estuviera enamorada de él. Dicen que con sus aventuras con el hombre más poderoso del mundo, lo único que quería era quitarse el complejo de inferioridad que tenía por su figura. Y a Billy-Boy le tomaron por un piernas por liarse con esa gorda en lugar de con estrellas de cine, como hacía Kennedy, por ejemplo.

—Precisamente lo que digo yo: a las mujeres se las juzga de una manera distinta que a los hombres —dijo Heidrun.

—Pero de eso también tenéis vosotras algo de culpa —intervino Thomas—. Cuando las mujeres hablan de mujeres, a mí me parece que sois cualquier cosa menos condescendientes. Cómo os ensañáis las unas con las otras… Señores, es realmente brutal. En cualquier caso, yo nunca he oído a los hombres diciendo cosas tan repulsivas de las mujeres.

—¿Y eso por qué es? —preguntó Heidrun—. Por esa mierda de terror por culpa de la belleza. Nos grabáis en la cabeza que tenemos que estar siempre delgadas y, encima, con tetas gordas y piernas si puede ser hasta el cuello. ¡Ah, sí, y rubias, claro! Pamela Anderson por lo menos.

—Yo no tengo nada contra Pamela, pero una mujer no tiene que ser como Pamela. Vosotras os lo ponéis demasiado fácil con vuestra crítica, me parece —dijo Thomas.

—Vamos, no nos vengas ahora con el cuento de los valores humanos —replicó Marie con una risita.

—Además, no son automáticamente los hombres los culpables de que las mujeres se pongan como se ponen —dijo Michael—. Yo le puedo decir a mi novia mil veces que es sexy, guapa y qué se yo qué más, pero, aun así, a ella le parece que tiene demasiada tripa y las orejas demasiado separadas.

La palabra novia me sentó como un puñetazo en el estómago. Miré hacia la mesa y traté de aparentar que me importaba exactamente lo mismo que a los demás que Michael dijera «mi novia».

—No tiene la tripa demasiado gorda, pero ella cree que sí. Y si le digo que sus orejas son encantadoras, se enfada, porque lo que ella querría oír es que no están separadas. «Encantadoras» lo entiende sólo como un eufemismo cariñoso para «separadas». En ese aspecto, es muy dura de mollera.

—Quizás lo que tendríais que hacer vosotras las chicas es leer menos revistas o por lo menos no tomároslas tan en serio —opinó Thomas.

—Típico —dije yo, en ese momento ya algo agriada—, volvemos a ser nosotras las culpables: porque les damos demasiada importancia, porque no podemos distinguir entre *glamour* y realidad. ¡Ahora eres tú quien, a su vez, se pone las cosas demasiado fáciles!

—Él no dice eso —le defendió Michael—. Claro que nosotros fotografiamos a las *super-girls*, las que lo tienen todo de primera…

—Y donde falta algo, se retoca —dijo Heidrun.

—Ése es precisamente el negocio. Un poco de brillo en la vida diaria. A quién le apetece ver una y otra vez Bottrop bajo la lluvia, o suicidas en el puente de Köhlbrand. Ésa sería la realidad, *okay*, pero para ver eso yo no pago cinco marcos por una revista ni gasto el dinero en la taquilla del cine.

—Creo que los chicos no van tan descaminados —dijo Marie—. Naturalmente, es difícil aceptarse a una misma tal como es, cuando una y otra vez le están recordando los propios fallos. Pero, en definitiva, uno puede elegir si dejarse arruinar por esto o no. —Bebió un sorbo de café y siguió hablando—: Entre nosotros: hasta hace tres, cuatro años, yo no me atrevía a ir a la piscina, por el pecho tan ridículo que tengo. Completamente infantil, pero pensaba siempre que no iba a haber nadie que no se quedara mirándome precisamente ahí. Como antes, cuando íbamos a nadar con el colegio y los chicos de la clase no paraban de machacarme con su «Blancanieves no tiene tetitas». ¡Horrible! —Suspiró—. Incluso llegué a pensar en agrandarlo. Pero, de alguna manera, algo hizo «clic» dentro de mí. Me di cuenta de lo estúpido que era reducirme a mí misma al tamaño de mi caja torácica. Como si un pecho grande pudiera hacerme feliz.

—Pero es precisamente lo que siempre nos están predicando —dije yo.

—Vamos, a ti también te meten por los ojos sin parar que tienes que tener un Opel o que tienes que lavar con Persil. Y sin embargo compras Ariel y conduces un Golf. Es decisión tuya. Y tuya es también la decisión de si te reconcilias contigo misma o si por culpa de tu imperfección estás en guerra constante contra ti misma. Yo por lo menos me he decidido por lo primero. —Marie se estiró tanto el jersey que se vio perfectamente que su pecho era realmente pequeño—. Es verdad que las cositas podían ser algo más grandes, pero no me dejo meter un escalpelo y tampoco quiero amargarme más la vida por falta de volumen. Gustarme a mí misma me parece la mejor alternativa.

—Quizás es así como hay que verlo —dijo Heidrun pensativa—. Cuando pienso en la cantidad de tiempo y energía que se esfuma porque te encuentras otra vez de pena. En realidad, tanto sufrir no compensa.

Miré a Heidrun. Nunca se me hubiera ocurrido que ella pudiera dar vueltas a ideas como ésas. Parecía tan segura de sí misma.

—Mi receta: ir a playas de nudistas —dijo Marie—. Ahí ves la realidad. Y la realidad no es precisamente Pamela Anderson, sino la señora Schmidt de la carnicería de al lado o quién sea. Y no hay que dejar de repetirse a una misma: es tu vida, que estés triste, descontenta o feliz no le tiene que preocupar a nadie más que a ti. Porque eres tú quien paga la cuenta de todo. No voy a decir que sea fácil y que siempre lo consiga. Sigo teniendo mis bajones, en los que me siento el ser menos femenino del mundo, porque nunca pasaré de las copas de talla A ni estaré guapísima con un *top* ceñido a la piel. Pero por lo menos ya no me pasa tantas veces ni tampoco dura tanto como antes. Y de eso estoy contentísima.

—Exacto —dijo Thomas—. Lo que cuenta es una autoestima sana. Al fin y al cabo, para los que tenemos las piernas arqueadas también hay una vida. Es lo que me digo yo siempre.

—¿Estamos confesando ahora todos nuestros puntos débiles o qué pasa aquí? —preguntó Michael riéndose—. Bueno, si es así, yo podría caerme de espaldas cuando veo mis entradas. Y eso que sólo tengo 32 años. Dentro de dos, tres años, de oreja a oreja no tendré más que una raya ancha.

—Piernas como retacos —dijo Heidrun.

—Culo gordo y resto gordo —fue mi aportación.

—Que todo esto son pamplinas ya lo sabéis —dijo Thomas—. Así que, ¡salud!

Brindamos con nuestras tazas de café y Marie pasó la bandeja del pastel. Tarta de almendra. Yo sólo comí un trocito. Después de nuestra charla, me sentí casi obligada. Además, tenía hambre y no había desayunado nada. Un trocito de dulce seguro que me podía permitir.

Tenía un delicioso sabor a crema, y las almendras se partían casi solas entre mis dientes. De remordimientos, nada.

Cuando me fui a casa al atardecer, Heidrun me acompañó un trecho.

—Tengo preparado un pequeño atentado contra ti —dijo—. Estoy haciendo un trabajo de investigación sobre mujeres con profesiones artísticas. Ya tengo una cámara, una directora de cine, una figurinista y una *screendesigner* también, y a mí me parece que en ese grupo tú serías la perfecta ilustradora de libros infantiles.

—¿Y qué tengo que hacer?

—Hablar un poco conmigo de tu formación, de tus encargos y así. Y luego, claro, también tendríamos que fotografiarte. Nada grandioso, quizás al aire libre o sentada a tu mesa de trabajo.

—¿Foto? Bueno, si tiene que ser, sólo un retrato —dije yo—. Si no, puede que nadie quiera saber nada más de ilustradoras.

Heidrun me miró de una manera muy rara.

—Eres capaz de decirlo en serio —dijo después de una pequeña pausa—. Pero, en fin, tú sabrás. Aun así, piénsatelo otra vez y después me contestas.

¡Mierda! ¿Por qué no me he podido librar de esto? Una semana justa en el equipo y ya vuelvo a odiarme a mí misma. Me sentí como un trapo. Sobre todo porque Heidrun había reaccionado de una manera tan *cool* y no había insistido más.

¿Por qué no podía decir sencillamente «sí» y sentirme halagada? Heidrun seguro que no había preguntado por compromiso. Ella sabía quién encajaba ahí y quién no. De todas maneras, mañana le pediré disculpas y le daré las gracias por el ofrecimiento, pensé.

«¿Cuánto habré adelgazado esta semana?», me pregunté por la noche cuando me cepillaba los dientes. Un kilo más, seguro, por lo menos. El pantalón me quedaba algo más suelto, la verdad. No era de extrañar. Recordé el ayuno antes de la fiesta. ¡Penoso, penoso! Mejor no pensar más en ello.

Pero, quién sabe, a lo mejor había sido útil. Y Usch también dijo que se notaba algo. Si no después de esto, ¿cuándo entonces?

Kilo y medio más los quinientos gramos de la semana anterior y quizás uno más todavía: serían tres kilos, seis libras, menos las diez engordadas. Salían cuatro libras, dos kilos de más. Otras dos semanas como mucho y todo estaría fuera. Ojalá que la sesión de fotos para la historia de Heidrun no fuera tan pronto.

Quién sabe, quizás me apetecería adelgazar aún algo más. Tal vez otros cinco kilos. Entrar en el verano con cincuenta y cinco kilos. Eso sería fantástico. Comprar un bikini. Quizás incluso *shorts*. Si luego encima me pusiera bien morena... Y con algo de deporte además... Eso es: desde ahora todas las tardes a nadar, a rajatabla —o por lo menos tres veces por semana—. Es bueno para el metabolismo basal. Podría comer más sin volver a engordar. Eso tenía que ser posible. De modo que, venga. Si me esforzase algo...

Fui a la cocina a buscar un vaso de agua mineral. En la nevera seguía aún pegada la lista:

TRABAJO

VIDA PRIVADA

ADELGAZAR

Todo iba por buen camino.

Bebí un sorbo de la botella y me quedé mirando la lista. ¿Y qué pasaría si no me comprase ningún bikini, ningún *short*? ¿Si la línea de meta estuviera en 60 kilos, en 63, o realmente en 55? ¿Y qué? Al fin y al cabo en este mundo había miles de Aylas, mujeres más guapas que yo. Más delgadas. Algunas que se enfundaban en minifaldas del largo de un cinturón y sacaban a relucir escotes hasta el ombligo. Mujeres que, cuando los hombres las miraban, se les caía la mandíbula y se les encendía el piloto erótico automático. Mujeres a las que eróticamente no les llegaría a la punta del zapato ni en cien años.

Mujeres de ésas habría siempre. Y yo siempre iba a encontrar un motivo para sentirme inferior. Pesara lo que pesara. No era cosa de esos malditos cinco kilos de más o de menos. No era la única razón, al menos.

«Gustarse a una misma me pareció de lejos la mejor alternativa», había dicho Marie.

De repente sentí envidia de Marie. Y de Usch y de Bina y de Helen. Todas ellas mujeres que se gustaban. O que por lo menos no arrastraban la mayoría del tiempo este maldito odio a sí mismas. Que sencillamente se dejaban ser como eran.

¿Y yo? ¿Cuántas fiestas iban ya en las que no me había atrevido a entrar en una conversación porque otra vez volvía a no sentirme a gusto dentro de mi piel? ¿Cuántas veces me había amargado porque otra vez volvía a encontrarme tan horrible? ¿Cuántas veces me convierto ante los demás en un caso para el auxilio social mental al que hay que repetirle una y otra vez que no todo está tan mal?

No tenía ni idea de cuándo había empezado esto. Hasta donde me llegaba la memoria, siempre había sido así. Mi aspecto, mi sentimiento de no ser bastante perfecta, siempre se interponía entre mí y la felicidad. Como una barrera de cristal contra la que me batía la cabeza tan pronto como daba un paso hacia delante.

Algunas veces podía olvidarlo. Al principio con Ralf, por ejemplo. Entonces no sentía eso. Pero, no obstante, ahí estaba. Escondido, dispuesto como un demonio a saltar de la caja. También cuando pesaba sesenta kilos o cuando empecé a estudiar. Cuando pesaba mi mínimo: cincuenta y ocho. Y, sin embargo, notaba esa sensación: ¡eres sencillamente demasiado gorda para este mundo! Quien tiene un aspecto así no puede ser más que un perdedor.

Me gustaría que fuera de otra manera. Que esta estúpida barrera de cristal se rompiera en mil pedazos. No quería volver a encontrarme tan mal. No quería tener más remordimientos cuando comía algo. No tener que despreciarme después de esa fiesta. Quería estar furiosa cuando alguien se portaba tan mal como Michael, en lugar de volverme otra vez contra mí misma. ¡Si por lo menos me creyera capaz de esto! ¡Si de una vez fuera capaz de deshacerme de toda esta basura que llevaba en la cabeza!

TRABAJO

VIDA PRIVADA

ADELGAZAR

Arranqué el papel de la nevera, lo arrugué en una pelota y lo tiré al cubo de la basura. Cogí un rotulador y una hoja de papel.

¡SENCILLAMENTE SER!

escribí. Con letras rojas de trazo grueso, y debajo pinté un corazón grande. Pegué el papel en la nevera. Exactamente en el centro. Para que, de ahora en adelante, lo viera todas las mañanas. Como recordatorio.

La mejor alternativa: quizás aún podía aprenderla.

Apagué la luz. Después me preparé un baño con mucha espuma, muy espesa y con perfume de azahar.